HİKMET ANIL ÖZTEKİN

eyvallah

Birlik Dükkânı

Okumaya Başlama Tarihi ....../....../.........

İmza Tarihi ....../....../........

DESTEK MEDYA GRUBU

DESTEK YAYINLARI: 1126
EDEBİYAT: 384

HİKMET ANIL ÖZTEKİN / EYVALLAH - BİRLİK DÜKKÂNI

İmtiyaz Sahibi: Yelda Cumalıoğlu
Genel Yayın Yönetmeni: Ertürk Akşun
Yayın Koordinatörü: Özlem Esmergül
Editör: Özlem Esmergül
Son Okuma: Devrim Yalkut
Kapak Tasarım: İlknur Muştu
Sayfa Düzeni: Işıl Ilgıt Şimşek
Sosyal Medya-Grafik: Tuğçe Budak - Mesud Topal

Destek Yayınları'ndaki 1. Baskı: (10.000 Adet) Şubat 2020
Yayıncı Sertifika No. 13226

ISBN: 978-605-311-756-8

Abdi İpekçi Caddesi No. 31/5 Nişantaşı/İstanbul
Tel. (0) 212 252 22 42
Faks: (0) 212 252 22 43
www.destekdukkan.com
info@destekyayinlari.com
facebook.com/DestekYayinevi
twitter.com/destekyayinlari
instagram.com/destekyayinlari
www.destekmedyagrubu.com

Deniz Ofset – Nazlı Koçak
Sertifika No. 40200
Maltepe Mahallesi
Hastane Yolu Sokak No. 1/6
Zeytinburnu / İstanbul

DESTEK yayınları KARAKARGA BEYAZ BAYKUŞ genç DESTEK

Hikmet Anıl Öztekin

eyvallah

Birlik Dükkânı

DESTEK
yayınları

Yazar Hakkında

Trabzon'da doğdu. Matematik ve fizik aşkıyla dolu çocukluk yıllarının ardından İstanbul Teknik Üniversitesi Gemi İnşaat Mühendisliği'ni kazandı. Üniversite yılları kelimelerdeki, insanlardaki ve yaşamdaki matematiği keşfetmekle geçti.

Henüz 26 yaşındayken çıkarttığı "Elif Gibi Sevmek" kitapları 1 milyon baskıyı geçti. Ardından *Eyvallah*, *Eyvallah-2* ve *Fesleğen* kitaplarını çıkarttı. Tüm kitapları toplam 2 milyon adedi geçti. Sosyal medyada toplam 7 milyondan fazla takipçiyle üretmeye, paylaşmaya devam ediyor.

Uzaktan yazar olarak kabul edilse de dikkatlice incelendiğinde kendisinin yazarlıktan ziyade derdi insanları uyandırmak ve değiştirmek olan bir hayalperest olduğunu görebiliriz.

En büyük yeteneğinin "hayal kurabilmek" olduğunu söyler. Kitlesel değişimlerin mümkün olduğuna inanır ve Youtube kanalında videolar, sosyal medya hesaplarında yazılar, kitaplarında da kurgular ile edebiyat yapmaya değil, kitlesel uyanışı sağlamaya çalışmaktadır. Tüm bu yaptığı şeyleri hayatını adadığı yaşam felsefesini insanlara aktarma aracı olarak kullanmakta ve inandığı felsefeyi tüm dünyaya yaymayı amaçlamaktadır.

Hikmet Anıl Öztekin'e "Yaşamınızdan sonra dünyaya bir cümle bırakmak isteseniz o ne olurdu?" diye sorarsanız tek bir cevap alırsınız: "Ne için varsan, O'nun için yaşa..."

Yazar hakkında detaylı bilgi için: www.hikmetaniloztekin.com

Dünyaya hâlâ daha alışamamış,

tanıdığım ve tanımadığım herkese...

Bu kitap yazarın yaşadığı olaylardan

esinlenerek yazılmıştır.

Gece vaktiydi...

İnsanların evlerine sığındığı, tanıdık bir ev kokusunun koynunda, tanıdık yorgun rüyalara daldığı saatlerde ışıksız, ıssız bir sokakta, yapayalnızdım. Cennet Dede önden gitmişti dostlarıyla... Sohbet biter bitmez, ne de çabuk dağılmıştı kalabalık.

Herkesin koşup sığınabileceği bir adresi vardı ne de olsa. Nereye giderseniz gidin, eninde sonunda aynı adrese geri dönecek olduktan sonra bütün gurbetler seyahattir sadece. Oysa dönecek bir adresi olmayan için her adım, bitip tükenmek bilmeyen, sonsuz bir arayış...

Attığım her adımda görünmez oluyordum adeta. Konya'da o daracık, ışıksız sokağın alçak kaldırımları üzerinde sürüdüğüm her adım, ya kendime götürüyordu ya da kendimden kaçırıyordu beni.

Avludaki ıhlamur ağacının büyülü kokusu doluyordu ciğerlerime. Niyet ettim birkaç saat önce tatlı bir kalabalıkla birlikte girdiğim sohbetle başlayan teslimiyet halinin dışarıda da devam etmesine. Herkes gittikten sonra kapıyı parmaklarımın ucuyla sessizce kapatıp çıktım avludan. Az önceki kalabalık nefes kadar hızlı dağılıp gitmişti. Sokağa çıktığımda evlerin gölgesi bile görünmez olmuştu.

Köşeye kadar yürüdüm ellerim cebimde. Sonra bir çıt sesi duyup irkildim. Geri dönüp baktım gayriihtiyari... Az önce önünden geçtiğim ışığı mum alevi kadar cılız, zayıf mı zayıf sokak lambasının titrediğini fark ettim. Rüzgârdan olsa gerek... İçim ürperdi... Sonra incecik, uzun boylu, zarif bir gölge karanlıktan kopup yürümeye başladı bana doğru. Ayakkabımın çözülen bağını bağlıyordum o sırada.

Gölgenin yüzünü seçmek ne mümkün?

Sokak lambasının tersten vuran zayıf ışığı bütün suretleri yutmuş, kendine gizliyordu sanki. Az önce yürüdüğüm yolları yürüdü gölge... Görmüyordu beni. Ne duraksadı, ne çekindi varlığımdan. Parmaklarımın ucuyla sessizce kapattığım o kapıyı ittirdi yavaşça...

Donup kalmıştım olduğum yerde. Kalbim atmayı bırakmaya çok yakındı. Gözlerim ağlıyordu. Hiçbir şey hissedemiyordum artık. Onun küçük adımları mıydı şu kaldırımları ezen? Onun elleri miydi şu kapadığım kapıyı ömrüme doğru aralayıp kalbimin içine yürüyen? Karanlığın içinde gözlerimi kapatıp kendime sordum, ben Fesleğen'i mi görmüştüm yoksa?

1. Bölüm

Tren, Uçurtma, Yol

Birileri sevindi
ve hüzün hep birileri için var olmaya devam ediyordu...

İki saat var daha Konya treninin kalkmasına... Cebimde iki bilet... İkisi de tek yön... Sadece gidiş... Biri benim için, diğeri kolumun altındaki uçurtma için...

Evet...

Uçurtmamla birlikte çıkıyorum yola... Bu bir seyahat değil zira, bu gökyüzünde bir arayış... Belki bir yıldız, belki yağmur yüklü bir bulut, belki güneşten bir parçayla buluşmak üzere bilinmezliğe açılan bir gidiş...

Haydarpaşa'da merdivenlerin başındaki bir simitçinin kırmızı renkli camekânlı küçük arabasının başında duruyorum. Alçak bir tabureye oturmuş, çay simitle dakikaları sayıyorum.

Bir saat elli beş dakika var daha...

İnsan kalabalığına dalıp gidiyor bakışlarım çoğu zaman. Trenlere binenler, trenlerden inenler... Herkesin ya gidecek bir yeri var, ya dönecek bir yeri... Bir de bekleyenler var tabii... Gözleri vagonlardan dökülen kalabalığı tarıyor dikkatle. Onca karmaşaya rağmen hemen bulup seçiveriyorlar beklediklerini... Bir avuç kumun içinde, kendi kum tanesini buluveriyor adeta. Kimininse bekleyeni yok... İşin tuhafı, bekleyen de pek kalmamış gibi... Şaşırıyorum izlerken... Ne gidenlerin, ne dönenlerin ardı arkası kesilmezken, bekleyenlerin umutları çürümüş...

Beklemek zahmetli iş ne de olsa... Bir güven işi... Umut işi... Özellikle de kendine güvenmekle ilgili bir mesele beklemek... Dönene ya da dönmeyene bağlı değil, tamamen kendiyle ilgilidir insanın. Dönecek diye beklemek doğru değildir ki, sanırım günümüz insanının en büyük yanılgısı bu noktada başlıyor. Sevecek diye seviyor, dönecek diye bekliyor... Oysa sen bekliyorsun diye döner o zaten sana... Hakikat dediğin de budur. Sevdiği bekliyor diye yola zaten düşer o sevgili...

Tıpkı benim gibi...

Nerededir bilmiyorum... Sağlığı iyi mi, derdi var mı, hiç haberim yok. Beni bekliyor mu onu da bilmiyorum. Belki de bekliyor olma ihtimalidir beni hayatta tutan, yürümemi sağlayan. Şairin dediği gibi: "Bırakın sevmesini, seviyor olabilme ihtimali bana yeter."

Ne kalacak yerim var Konya'da, ne yanına sığınabileceğim bir tanıdık. Üstelik kimden kimi soracağım da belli değil... Adını sorsalar bilmiyorum, yerini sorsalar bilmiyorum. Bildiğim tek şey onu çok seviyorum.

Şu adımlar Fesleğen'i aramaya çıkmamıştı belki de. Zaten bulamayacağım aşikâr... Bırakın Konya'yı, Haydarpaşa'da buluşmak için sözleşmiş olsak bile bunca kalabalığın içinde birbirimize denk gelmemiz yeterince zorken, koskoca şehirde, bitimsiz bir insan selinin ortasında, kendi kum tanemi bulabilmeyi beklemek akla ne kadar da ters değil mi? Düpedüz bir delilik...

Bir şey var ki kalbimin kör kuyularında sessizliğe gömdüğüm, kendimden bile uzaklaştırmaya çalıştığım, dillendiremediğim, görmezden geldiğim, üstünü örttüğüm bir şey...

Tarifi mümkün değil. Ama aşk da zaten bir delilikti işte. Anlat deseniz anlatamam. Coşkun bir aramak arzusu taşıyorum içimde, ama bir o kadar da korkuyorum kavuşmaktan. Belki de bulmak gayesiyle çıkmıyorum bu yola. Aramaktan başka ilacım yok sanki... Fesleğen'i mi aramaya gidiyorum, kendimi mi bulmaya çalışıyorum emin değilim. Dürüst olamıyorum kendime karşı. Daha doğrusu ben bile bilmiyorum bende neler olup bittiğini. Belki Fesleğen'i, belki de kendimi ama bulmalıydım içeride eksik olan o şeyi.

***

Bir saat kırk beş dakika kaldı...

Bir simit daha istedim simitçiden. Yanına taze bir çay daha söyledi benim için.

"Yolculuk nereye?" diye sordu simitçi. "Daha vakit var galiba, erken gelmişsin..."

"Konya'ya..." dedim. "Bir buçuk saatten fazla var."

"Güzeldir..." dedi simitçi. "İyidir Konya."

"Bilir misiniz orayı?"

"Bizim hanım Konyalı... Bayram seyran gider geliriz. Aile hep orada..." Kafam düşüncelerle dolup taşarken simitçinin sohbetine çok da iştirak edememiştim. Sessizdim.

"Bu ara okullar da kapandı..." diye devam etti simitçi. "Öğrenciler de hep ailelerinin yanına dönüyor... Sizinkiler Konya'da mı?"

"Yok, ben ailemin yanına gitmiyorum, tanıdığım kimse de yok Konya'da açıkçası... "

"Konya'ya öyle aklı esen gitmez ama... Hele ailesi, kalacak yeri yoksa. Konya onu çağırmıştır muhakkak. Belli ki bekleyenin var. Belli ki önce Şems'e uğramak icap eder..."

"Anlamadım?" dedim şaşkınlıkla.

"Öyledir... Âdetlerden bahsetmiyorum ha yanlış anlama. Hakikat böyledir. Konya'da yerin yurdun yoksa ama ille de yolun düşüyorsa muhakkak ya Mevlana çağırmıştır ya Şems... İner inmez doğruca Şems'e gideceksin değil mi?"

Öylesine samimi ve ciddiydi ki konuşurken...

"Düşünmedim açıkçası..." dedim. "Hayırlısıyla bir varalım da Konya'ya... Başımıza ne gelecek bilmiyoruz daha."

"Uçurtma ne ki?" diye sordu sonunda. Geldiğimden beri bakışlarını uçurtmadan alamadığının farkındaydım aslında. Konu ne zaman buraya gelecek diye bekliyordum.

"Uçurtma işte..." dedim. "Yol arkadaşım."

İnanmıyor gibi süzdü beni de yanımdaki uçurtmayı da. "Uçurtmadan yol arkadaşı mı olur?" dedi ciddiyetimden emin olunca.

"Oluyor işte" dedim.

Bu uçurtma kimi aramaya çıktığımı unutmamam için varlığıyla eşlik edecekse bana, bulmak ümidinden çok aramanın kutsallığını hatırlatacaksa, kendimi kaybolmuş hissettiğim her an rotayı kalbime çevirecekse ve bütün bu yolları her ne kadar Fesleğen için yürüyor olsam da, attığım her adımda kendime doğru ilerlediğimi öğretecekse, tabii ki uçurtmadan da yol arkadaşı olurdu, neden olmasındı?

***

Bir saat on dakika kaldı...

Gülkurusu renginde, üzerinde sarımsı çilleri olan sade, gösterişsiz ama yakışıklı mı yakışıklı bir uçurtmaydı... Parmaklarımın ucuyla belli belirsiz okşadım onardığım yaralarını...

Dergiden çıkar çıkmaz hazırlanmak için eve uğradığımda eşyalarımı toparlarken çıkıvermişti karşıma... "Sonunun ne olacağı belirsiz bu yolculuğa bensiz gidecek halin yok ya!" der gibi bakıyordu gözüme. Tabii ki onsuz gitmeyecektim.

Fesleğen'le tanıştığımız o günü hatırladım. Kitap kafede yazılarımı unutmuştum. Ertesi gün kâğıtlarımı aramak için geri döndüğümde karşılaşmıştım onunla. Çantasından aradığım kâğıtları çıkarıp annesinin kolyesini koparmış küçük bir kız mahcubiyetiyle ve suçluluk duygusu içinde nasıl da çocuksu ve tertemiz bakmıştı yüzüme. "Acaba bunlar olabilir mi aradığınız notlar?" diye sormuştu. "Dün bu masada tam kalkmak üzereyken fark etmiştim. Önemlidir diye yanıma aldım, bugün bırakacaktım kafeye" demişti.

Sırtımdan soğuk terler boşanıyordu o an. Öyle korkmuştum ki beni kıskıvrak yakaladığı için. Kendimi bir an ele geçirilmiş, tutsak edilmiş, suçüstü yakalanmış gibi hissettim. Yazdıklarımı okumuş olmasından endişe ederek "Okumadınız umarım" demiştim.

"Hem de anlayarak okudum" cevabını alınca bütün kalelerimin zapt edildiğini hissettim. İçimdeki şehir düşmüştü. Başkasının bayrağı dalgalanıyordu surlarımda...

Kâğıtları alıp çantama koymuş ve "Hava çok güzel" demiştim bir an evvel konudan uzaklaşmak için... Böylece başlayan muhabbetimiz yıllarca karanlık bir çatı katında bekleyen uçurtmamı gökyüzüne kavuşturduğu gibi beni de özgürlüğüme kavuşturmuştu. Yıllarca başımı her kaldırdığımda sadece kuşları görebilen bakmaktan âciz gözlerim, artık gökyüzünü de görmeye başlamıştı.

"Gökyüzünde eksik olan tek şey bir uçurtma" demişti. Gün gibi hatırlarım o anı... Ömrümün en güzel, en anlamlı, en dokunaklı, en derin anı...

Bir uçurtmanın insan hayatına bunca değer katabileceğini hiç ama hiç düşünemezdim. Sadece bir uçurtmaya bile bakarak, koskocaman bir hayatı okumuştu bana Fesleğen... Sanırım bu uçurtmayla birlikte gönlümü teslim ettim ellerine.

Evimde çatı katında üç dört yıldır çok sevdiğim bir uçurtmayı yaralı halde sakladığımı itiraf etmiştim ona. Uzun zamandır uçurmuyordum. Varlığını bile unutmuştum açıkçası.

"Hiç çatı katında, eskilerin arasında saklanır mı bir uçurtma?" demişti. "Bence bu akşam kurtar uçurtmanı o korkunç karanlıktan. Yıka, temizle, onar ve öp alnından. Özür dile ondan... Uçurtmaların da yüreği vardır. Üstelik büyümeye direnen, çocuk kalmaya yeminli, tertemiz ve özgürdür yürekleri..."

Uçurtmanın özgürlüğüyle benimkini kıyasladığında ilk kez tutsak hissetmiştim kendimi. Yaşadığım şehir koca bir hapishaneye dönüşmüş, kâğıdım kalemim de olmasa, sokaklar arasında volta atarcasına yere sürüdüğüm adımlarım da silinip gitse, geriye benden hiçbir şey kalmayacakmış gibiydi. Ölseydim kimsenin bundan haberi olmayacak gibi.

"Senin hiç ellerini ayaklarını bağladılar mı? Özgürlüğünü, sevdiklerini elinden aldılar mı?" demişti Fesleğen... "Ya bir gün en kıymetlin de giderse? Ya seni eksik bırakacak olanı kaybedersen ne olacak? Düşündün mü hiç? Uçurtmanın sevgilisi, vatanı değil midir gökyüzü? Uçurtman yıllardır karanlık bir odada esir tutulmuş... Sence daha ne kadar çocuk kalabilir orada?"

Fesleğen de korkardı karanlıktan. Bu yüzden dayanamamıştı çatı katındaki karanlığa mahkûm ettiğim uçurtmamın haline... Kendi çocuk yüreğimin o uçurtmada attığını fark etmişti o an... Kendi kalbimi bir çatı katı karanlığına gizlediğimi anlamış, beni kendi göğüne çağırmıştı o eşsiz, tertemiz gönlüyle...

Öyle de yaptım sahiden... Karanlığa gömdüğüm yüreğimi gün ışığına taşıdım Fesleğen'le birlikte. Yüreğime sevmeyi ve sevilmeyi hatırlattım. Unuttuğu güzelliklere uyandırdım onu. Fesleğen tohumları ektim içimin tarlalarına. Sular serptim üzerine. Gönlümün pencerelerini açtım, anılarımın tozunu sildim, havalandırdım hayatımı yepyeni bir bahara... Kendime karşı en büyük devrimimdi Fesleğen'i sevmek... Hayatımda ilk kez bir insanı sevmiştim. Hem de adam gibi, olduğum halimle, gizlenmeden, apaçık bir sevdayla ellerinden bile tutmadan.

Aynı gece tavan arasındaki eski uçurtmamı da çıkarmıştım kolilerin içinden. Güzelce yıkayıp sildim... Yaralarını tamir edip bantladım. Eğrilen çıtalarını düzeltip sağlamlaştırdım. Sarıldım, öptüm alnından, özür diledim.

Uçurtmalar başlı başına bir insan betimlemesidir o gün bugündür benim için... Yıldızlara değil, uçurtmalara bakarım insanı tanımak istersem.

Gökyüzüne aittir uçurtma... Özgürlük onun kaderi... Uçamadığında kaderinden ayrı düşmüştür... Sevmek onundur... Özgürlük onundur... Teslimiyet onundur...

Çatışma, kavga ve savaş yoktur uçurtma için... Bilinçli bir teslimiyet vardır. Uçurtmalar rüzgârla birlikte uçmazlar, rüzgâra karşı havalanırlar. Rüzgârı arkalarına aldıkları için değil, ona karşı koyabildikleri için uçarlar.

Ben de bir uçurtmayım artık... Onardım kanadımı kolumu. Attım yüklerimi sırtımdan. Ait olduğum yere yükseliyorum. Ve unutmamalı ki yükselmek için olabildiğince hafif olmak gerekir. Gitmek için, ağır yüklerinden arınmalı insan. Ne kadar az yük, o kadar uzun yol demektir... Tüy kadar hafifim şimdi... Gökyüzünün kalbine layık bir yolcuyum. Gösterişsiz, ailesiz kendi başına bir uçurtmayım.

Hangi buluta değer başım bilmiyorum. Yağmur yağdığında sarsılır mıyım? Gücümü yitirir dolanır mıyım bir elektrik teline? Kısmet... Kaderde ne varsa o gelir artık başa... Yol nereye götürür beni, kimi bulurum yolun sonunda bilinmez...

Belki içime doğru yürüyorum, belki çemberin dışına çıkıyorumdur.

Belki gidip de dönmemek var, belki dönüp de eskisi gibi olamamak var... Hatta aradığını bulamamak... Kim bilir... Belki güzel olan sadece aramaktır. Bulmaksa yolda yaptığın en büyük kaza... Hiç bulmamak lazımdır belki ama hep bulabilmek umuduyla yükselmek lazımdır göklerde.

Mevlana da der ya: "Aramakla bulunmaz, lakin bulanlarsa hep arayanlardır..."

Rüzgârla birlikte değil, rüzgâra karşı uçuyorum. Fesleğen'i mi arıyorum, kendimi mi bulmaya çalışıyorum bilmiyorum. Belki de Fesleğen bunun için gitmişti, hayatının en büyük fırtınasını başlatıp en sevdiği uçurtmanın uçabilmesine fırsat vermek için. Seyyah'ın kendi göğünde yükselebilmesi, hatta kendini bulabilmesi için...

***

Elli beş dakika kaldı artık...

"Dert, akla benzer..." derdi dedem. Herkes en büyüğü kendinin sanırmış. Herkes derdini kendine fazla görür bu dertle de yaşanır mı dermiş. Sonra biri gelirmiş, severmişsin böyle derinlere dalar gidermişsin. Baştan aşağı değişir, derdini unutur sevdiğinin tebessümünü gökyüzüne benzetirmişsin. Ne gözlerinin başkasına bakası gelirmiş artık, ne kulakların başka bir sese katlanabilirmiş. İnsan annesinden doğduğu günü hatırlamazmış ama sevdiğini gördüğü o ilk günü unutamazmış. Annesinden sonra ilk kez bir kadının avuçlarından öpesi gelirmiş. Sonra o da gidermiş bir gün. Ne akıl kalırmış geriye ne de o eski dert...

Hevesler kursakta birikirmiş ve bir kadın habersiz gidişiyle her şeyi alır götürürmüş peşinden. Ne bir yudum su kalırmış geriye, ne bir parça toprak...

Ancak sevdiğin gittiğinde anlayabiliyormuşsun güneş doğmadan uyuyamamanın ne demek olduğunu. İşte o kadının gidişi, adamı meczup etmeye yetermiş. Adam onsuzluğu kendine yakıştıramaz ve sonunda dayanamayıp adam da kendinden gidermiş...

Kendimden gidiyorum sanıyordum ama kendime gittiğimin farkında bile değildim Haydarpaşa'da yazın o son günü, yanımda bir valiz, sırtımda bir çanta, kolumun altında gülkurusu bir uçurtmayla...

Dedemi düşününce ister istemez Tahir Amca geldi aklıma... Haber vermeliydim yola çıktığımı... Yazık, son zamanlarda hayli dertli benden yana... Üstelik daha yorgun, daha çökmüş ve içine kapanmış gibi görünüyordu gözüme. Fesleğen'le tanıştıklarında bile tatlı bir neşesi, yaşının üzerinde bir canlılığı vardı. Şimdilerde evine dönecek gücü bile bulamıyordu sanki kendinde. Kalkıp bir çay dolduracak takati kalmamış gibiydi.

Vedalaşması aklımda hâlâ... Gurbete uğurlar gibi göndermişti beni dükkândan bu sabah. "İstanbul iyi gelmiyor artık sana..." demişti. "Allah'a emanet ol, güle güle git" demişti. Sanki biliyordu bu gece evimde uyumayacağımı... Sezmişti sanki İstanbul'dan gideceğimi...

Cep telefonumu çıkarıp Tahir Amca'nın numarasını tuşluyordum ki ondan bir mesaj geldiğini fark ettim. Haydarpaşa'ya yeni geldiğim saatlerde atılmış... Bir saat kadar önce:

"Gitmekten korkma evlat. Başına ne geleceğini de düşünme... Allah hangi yolcusundan umut kesmiş ki? Bulmak mühim değil, önemli olan aramak... İnsan neyi aradığını unutur çoğu zaman ama bulduğu şeyi görür görmez tanır..."

Burnumun direği sızladı mesajı görünce. Gerçek bir yaşam ustasıydı Tahir Amca... Mücellitliği kadar, gönül sarraflığı da kusursuzdu... İnsanın gözüne baktığında kaderini okurdu adeta.

Öylesine habersizdim ki beni bekleyen kaderden, neler olacağı hakkında hiçbir fikrim yoktu. Belki yarın ilk trenle geri dönecektim, belki bir daha İstanbul'a hiç düşmeyecekti yolum, belki aradığımı bulacaktım, belki aramaktan cayacaktım bilmiyorum. Ama her ne olursa olsun, Tahir Amca'yı dünya gözüyle bir kez daha görebilmek için dua ettim içimden.

***

Yirmi dakika kaldı Meram Ekspresi'nin kalkmasına...

Elimin üzerine incecik bir su damlası düştü o sırada. Yağmur çiselemeye başladı. Hatta giderek hızlanıyordu bu küçük ılık damlalar.

Konya treni gara girmişti artık. Bir şişe su ve bir dergi aldım büfeden. Trene geçtim sonra. Koltuğumu bulup valizimi bagaja yerleştirdim. Çantam yol boyunca lazım olacaktı nasılsa. Koltuğun altına aldım onu. Uçurtmamsa yan koltukta...

Uyumayı düşünmüyordum zaten. Yolda uyumak kadar kötü bir plan daha olamaz. İnsan yolu uyuyarak geçirir mi hiç? Düşünmenin, yavaşlamanın, sakinleşmenin, derinleşmenin, üretmenin, karar almanın en kıymetli fırsatıdır yolculuk. Kendiyle baş başa kalamayan hatta kendine tahammülü tükenmiş insan yol boyunca uyumayı tercih eder ancak... Ha bir de yorgunluktan başını kaldıramayacak haldeyse uyuklar ister istemez...

Bense yolculuklarda daima yazarım, okurum, düşünürüm, kendimle yüzleşirim, hesaplaşırım, tartışırım, belki küserim, barışırım, dertleşirim, yenilirim, yenilenirim...

Vagonun arka kısmından küçük bir alkış yükseldi. İster istemez o tarafa dönüp baktım. Bir grup genç kendi aralarında arkadaşlarının doğum gününü kutluyordu. Belki de büyük kutlama için özel bir yere seyahate çıkmışlardı bilmiyorum.

Fesleğen'le üzerinde konuştuğumuz, birbirimizi açtığımız konulardan biriydi bu kutlamalar.

Hangi doğumu kutladığımı çok düşünürüm ben mesela. İnsanın doğum günü ne zamandır? Daha doğrusu doğmaktan anladığımız nedir?

Bedensel olarak dünyaya geldiğimiz anları mı kutluyorduk hep beraber? İnsan olarak doğduğum gün, dünyaya gözlerimi açtığım gün mü sayılır? Peki insanın iradesinde olmayıp seçilemeyen bir şey kutlanır mı? Belki adını "anmak" diye düzeltmek gerekir. Dünyaya geldiğimiz günü anıyoruz.

Üzerimize düşen hiçbir sorumluluğu yerine getirmiyorsak neyi kutluyor olabiliriz ki doğum günlerimizde? Bizi insan yapan ne vardı ki kutlamayı hak etmiş olsun, onaylansın, taltif edilsin?

Hayırsız bir evladın Anneler Günü'nü kutlaması gibi... Ya da bir Brezilyalının Kıbrıs'ın kurtuluşunu kutlaması... Amaçsız, anlamsız...

Peki, insan olarak doğmuş ama insan olmanın hiçbir şartını yerine getirmeyen biri için doğum gününün bir anlamı var mıdır? Var olma gayesinden çok uzakta olan biri varoluşunu neden kutlar? Doğmak, hayvanların da bitkilerin de başına gelen bir deneyim değil mi? İnsanın başına geliyor olmasını kutlamak için ortada bir hak ediş olması gerekmez mi?

Hayatın hakkını verememişsem, kimseye bir iyiliğim dokunmamışsa, bir kedinin başını okşayacak kadar sevgi yoksa içimde, bir kap su içirmemişsem susuza, kimsenin derdini dinlememişsem can kulağıyla, neyi kutluyor olabilirim ben doğum günlerimde?

Sadece ölmek için yaşıyor olmaktan ne farkı var, hayatı ıskalayarak yaşamanın? "Hayatı sahnenin kenarında durup izleyen hiç kimse, doğduğu günden dolayı kendini özel hissetmemeli" derdik birbirimize. Fesleğen'le sohbetlerimiz böylesine derin ve dopdoluydu işte. Birbirimize okul olmuştuk adeta. O konuşur ben tamamlardım, ben başlardım o bitirirdi. Onun sadece güneşten daha aydınlık zarif yüzüne âşık olduğumu zannedenler, onunla bir muhabbette demlenmemiş olanlardı.

***

Fesleğen'den ne çok şey ıskalamıştım hayatta. Meğer ben de ölmek için yaşıyormuşum aslında. Başkalarından öğrenmiştim hayatı. Kendim deneyimlememişim, çıkmamışım sahneye. Ben de bir kenarda oturmuş bakıyormuşum hayat sahnesinde neler oluyor diye. Meğer yaşamak değilmiş benimki, paslanmış fikirlerle ölmeyi beklemekmiş sadece.

Bu yılki doğum günümde babama yazdığım mektup geldi aklıma... Ne de olsa trenlerle mektuplar çok alakalıydı birbiriyle. Defterlerimin arasında duruyor olmalıydı. Çantamdaki deri klasörü açıp defterlerimi kurcaladım biraz.

***

Bugün benim doğum günümmüş baba...

Öyle söylediler...

10 Şubat'ta doğmuşum...

Sokakları türlü çeşitli baharat ve çiçek kokan bir şehirde dünyaya geldim ben. Küçükken bir atın üzerinde hayal ederdim kendimi. Gözlerimi kapar, gezer dururdum köyün toprak yollarında. Atımı çok sever, onunla konuşur, onunla yer içerdim. Benden büyüktü atım, onu süsler, yıkar arkadaşlarıma gösterirdim.

Sonra biri geldi. Ihlamurların çiçek açtığı vakitlerin birinde... Gamzeleri vardı yüzünde. "Bu dünyada gezdiğin, gördüğün, tattığın her şey senin için değil üzerine bindiğin at içindir" dedi. "Bu dünya atın hevesidir, senin değil, burada ancak bedenin ihtiyaçlarını bulabilirsin ruhun değil."

Sonra da çekip gitti. Ne olduğunu anlamadım bile. İşte o gün indim attan baba. Benim doğum günüm, atın yediğini yemekten vazgeçtiğim gündür. Benim doğum günüm dünya üzerinde sürüklenip duran bir bedenden ibaret olmadığımı, aslında benim de bir mana taşıdığımı öğrendiğim gündür baba.

O günden beri tüylerim değil, hücrelerim diken diken oluyor başkasının bana ihtiyacı varken, ben ondan uzak düştüğümde.

Şimdilerdeyse çok yalnızım baba. Sanırım kimsenin ihtiyacı yok bana...

***

Tren hareket emişti sonunda...

Konya'ya doğru gidiyordum artık. Camlardan süzülen yağmur damlalarının ardından bakıyordum İstanbul'a...

"Hadi bakalım..." diyorum içimden.

Başımı cama yaslayıp bir süre izliyorum şehrin yanımdan hızla geçen siluetini. Önce deniz bitiyor, sonra insan... Ne tuhaf... İstanbul'da en çok bu ikisi bitmez diye düşünürdüm oysa... Geriye beton, toprak ve gri renkli kocaman bir gölge kalıyor sonra...

Rayların üzerinde kayan demirin sesi çiziyor içimi... Derken buna da alışıyorum. Anne sesinden ninni dinlemek kadar yakın ve sıcak bir duygunun sesi süzülüyor kulağıma.

Aklımın içinde birbirini kovalayan sayısız soru... Hiçbirinin doğru cevabı yok bende...

Konya'ya daha önce hiç gitmediğimi düşününce etrafımdaki insanları tarıyor bakışlarım. Hepsi daha önce gitmiş miydi acaba Konya'ya? "Sorsam mı acaba?" diye düşünüyorum. "Şehir beni yutar mı, yoksa sindiremeyip kusar mı? Beni içine alır kabullenir mi, yoksa öğütüp tüketir mi? Bana aradığımı verir mi, yoksa adımı bile unutturur mu?"

Sahi adım neydi ki benim?

Seyyah mı?

Hayır...

Seyyah kaderimdi benim, adım değil... Yol, var olduğum amaçtı... Var olduğum bu şey için hayattaydım zaten. Seyyah olup yol aşmaya, yol aştıkça yazım sanatında ustalaşmaya yürüyorum. Çünkü yol almakla yazmak kardeştir. Bu yüzden iyi seyyahlardan iyi yazarlar çıkar.

Jack London mesela... Ernest Hemingway... Halide Edip mesela... Nâzım Hikmet... Ve daha kimler kimler...

Her biri kitaptan kitaba, şehirden şehire, hayattan hayata, yazgıdan yazgıya göç edip durmuş usta kalemler değiller mi?

Jack London'ın ömrü geçmiş gemilerde, Hemingway savaş meydanlarında... Halide Edip, eserlerini İngilizce yazacak kadar geniş bir coğrafyanın, uzun bir kurtuluş mücadelesinin neferi... Nâzım Hikmet sürgünden sürgüne savrulan bir fikir seyyahı değil miydi yani?

Yağmurun içimi ilhamla doldurmasıyla başladım yazmaya...

***

Sevdiği uzakta olunca insan eksik hissediyor. Konuşacak o kadar çok şey varken bu vakitsiz ayrılıklar, tüm planları bozuyor. Tam "İşte bu, artık konuşabileceğim biri var" diyorsun, sonra bir bakıyorsun o da gidiyor.

Kim sevdiğinin gitmesine hazırlıklıdır ki?

Gidince de hazırlıksız yakalanıp yıkılıyorsun işte. Geriye tek bir şey kalıyor: Sapasağlam, unutulması çok zor anılar.

Sevdiğin gider, sen yıkılırsın ama nasılsa anılara hiç zarar gelmez. Kâğıttan bir gemi yap, bu mektubumu sevdiğim şehrindeki deniz kıyısına koy usulca. Nefesinden üfle, şifa bulsun yazılar. Haber getirsin senden bana.

Varınca viran şehrime yağmur yağacak. Varınca kâğıttan mektubun bana, artık bana yaşam hakkı doğacak. Umut etmek ne güzel şey, üflediğin o kâğıt gemide umutlarım yeniden doğacak...

Hayatın yanlış tarafında olmaktansa, yalnız tarafında olmayı tercih ettik. Hepsi bu. Kâğıtlar beni özlemiş, sevdiğim haydi, bu gece de düş gönlüme. Bir yağmura ihtiyacımız vardı. Sevdiğimizin bir gün çıkıp geleceğine inandıracak kadar güzel bir yağmura.

Su birikintilerinin üzerinde arıyorum kâğıttan gemini, belki okursun da gönderirsin bana mektuplarını diye. Uzun uzun bakıyorum yağmurdan sonra kendisini yansıtan sokaklara. Sessizlik hâkim oluyor. Ve bugün İstanbul'a yağdı bu yağmur. Birileri sevindi ve hüzün hep birileri için var olmaya devam ediyordu...

***

Sahi, yalnızlıktan dolayı mı sevmeye meyilli olurdu insanın kalbi? Yoksa kalp zaten hiçbir neden göstermeden, hiçbir koşula yaslanmadan sevebilir miydi tek başına? Adam seçer miydi kalp dediğin?

"Kalp midir insana sev diyen, yoksa yalnızlık mıdır körükleyen?

Sahi nedir sevmek? Bir muma ateş olmak mı, yoksa yanan ateşe dokunmak mı?"

"İnsan bilmediğinin düşmanıdır belki de..." demiştim. "O halde insan bildiğini sever..." diye karşılık vermişti Fesleğen de...

Bilmek için, tanımak için, öğrenmek için emek vermek gerekirdi muhakkak. Sevgi emekle ilgiliydi kuşkusuz. İnsan belki de emeğini seviyordu başkasında olamaz mı? Anne bile çocuğuna verdiği emeğe âşıktı belki... Çocuğu doğuran olup olmadığıyla ilgilenmiyordu ki anneler, verdiği emek uğruna düşkünü oluyordu büyüttüğü evladın.

Fesleğen'i bilmeye adamıştım kendimi. Ona zamanımı, bilgimi, tecrübemi, dostluğumu, sevgimi açarken tek gayem onu daha çok sevebilmek için daha çok bilmeye çalışmaktı sanırım. Bu yüzden ismi de umurumda olmadı, yaşı da, yaşadığı yer de, adresi de, kimin kızı olduğu da...

Ben sadece onu bilmek istedim. Bütün unvanlarından arındırıp olduğu haliyle, benliğini, varlığını bilmeye adadım kendimi. Mevlana'nın şiirinin altına yazmaya başladım şu satırları:

***

Seviyorum seni...

Annemin gençlik vakitlerinden kalma vazosunu kırınca bir kedi masumluğunda dudaklarımı büküp baktığım gibi...

Yaşıtları yarım gün oruç tutan çocuğun, annesinden gizli tam gün oruca niyet etmesi gibi...

Yıllarca bir yanlışa sapmamak için kendi çayını kendi demleyen o gencin iffeti gibi...

Buluttan aldığı emanetleri kimseyle paylaşmadan, kimsenin de emanetinde gözü olmadan tek başına çıktığı yolu, tek başına alelacele tamamlayıp toprakla buluşan yağmur tanesi gibi...

Yıldızların kendisine göz kırptığına inanan küçük, pembe, şişman yanaklı bir kızın, her akşam yatmadan pencerenin kıyısından yıldızlara göz kırpıp yıldızların da kendisine göz kırpmasını beklemesi gibi...

Sevdiğine yazdığı mektubu okunurken, sevgiyi vereni düşünen o gencin aşkı gibi...

Gün ışığında susup geceleyin konuşacak kimseyi bulamayan, kendini bu dünyada misafir gibi hisseden o genç kız gibi...

Bir Hazar geyiğinin Kafkas Dağları'nın yamaçlarında annesinin peşine attığı içgüdüsel adımlar gibi...

Her fırtınada koca kayaları kaybeden bir dağ uçurumunun, gökyüzüne olan inancı gibi seviyorum seni...

Trafikte kızgın ve gergin insanların içinde sakince sevdiğine yazdığı şiirleri içinden okuyan, tezkeresini henüz almış saçı tıraşlı bir asker gibi...

Her gün iyi bir şiir okuması, bir çocuğun başını okşaması, bir kez de olsa annesinin sesini duyması ve dua etmeden uyumaması gerektiğine inanan o güzel insanlar gibi...

Rami'de ekmeğini taştan çıkaran bir babanın çocuğunun, bembeyaz parmağıyla gösterdiği kırmızı arabayı alamadığının gecesinde yorganın altında o demirden soğuk akan gözyaşları gibi...

Sevdiği belki bir gün okur diye şair olan Seyyah gibi seviyorum seni...

***

Bir sıra önde sol çaprazda bir çift oturuyordu. Adam kulaklığından sızan seslerden anladığım kadarıyla maç dinliyor olmalıydı. Bir iki kelime dışında epey bir zaman hiç konuşmadılar. Maç bittiğindeyse dakikalarca tartışıp durdular.

Konuşacak bir şey kalmamış sanki aralarında. Birbirlerine katlanmaya, tahammül etmeye mecbur bırakılmış olmaları öfkelendiriyordu onları. Ayrılmaktan korkuyorlardı muhtemelen. Alıştıkları cehennemde yanıp kavrulmaya razıydılar. Yeni hayatlar kurmaya, bilinmezliklere dümen kırmaya cesaretleri yok. Kendi korkularının bedelini birbirlerine ödetiyorlar...

Öyle ya, insan birini nefsiyle sevdiği zaman, ne konuşacak şeyleri kalıyordu bir süre sonra ne paylaşacak... Nefis, sevgiliden yana doyunca, sevgili zorlu bir tahammül sınavından başka bir şey sayılmıyordu artık. İnsanın insana zulmü değildir de nedir bu?

Adam kadına biraz sesini yükseltince ağzını açmaz oldu kadın. Hiç konuşmaz oldu. Yılan gibi soğuk ve tekinsiz bir sessizlik girdi aralarına. Kadın üzülmüş gibiydi... İşin garip yanı üzüntüsüne alışkın olduğunu hissettiriyordu yüzü.

Birbirlerinin tutsağı olmuş, iki suçlu insan... Birinin zinciri diğerinin elinde... Özgürlüğe hem muhtaçlar hem de çok korkuyorlar özgür kaldıklarında ne yapacaklarını bilemedikleri için...

Keşke gidebilseler onlar da... Birbirlerinden çekip gidebilseler... Oysa zincirleri ellerinde aynı yöne seyahat ediyorlar cehennemin içinde. Keşke biri diğerine özgürlüğünü hediye edebilme cesareti gösterse de, hayat yeniden başlayabilse onlar için. Yeni umutlar doğabilse, kader tertemiz bir sayfada yeniden yazılabilse...

Sanırım Şems'e ait olan, Fesleğen'den işittiğim bir söz geliyor aklıma onları izlerken:

"Düzenim bozulur, hayatımın altı üstüne gelir diye endişe etme. Nereden biliyorsun hayatın altının üstünden daha iyi olmayacağını?"

İçinde yanıp durdukları cehenneme dört elle tutunmuş bu çifte bakarken, bağımlılıkların ne büyük bir tehdit olabileceğini sorguladım içimde.

Hayat, cesurlardan yana olmalı. Cehennemine âşık korkaklar, uzaktaki cennetin hayaliyle boşa harcamış olacaklar ömürlerini. Ben de cennette sayılmam tabii ki, ama cehennemimi terk edecek cesareti göstermiştim en azından.

"İnsanın bir derdi olacak elbet!" dedi adamın biri... Bana mı söylemişti anlamadım önce. Aklım düşüncelere dalıp gitmişti yine.

"Efendim?" dedim.

"İnsanın bir derdi olacak..." diye tekrarladı karşımda oturan yaşlı adam. Benimle konuşmaya çalışıyordu belli ki. Ama konuya neden dertten girmişti anlamadım.

"Akif Hocam!" diyecek gibi oldum bir an. Öyle benziyordu üniversitedeki hocama. Belki beş altı yaş daha yaşlı görünüyor olabilirdi. Ama hık demiş burnundan düşmüş. Ağabeyi olsa bu kadar benzerdi ancak...

İyi hatırlamazdım Akif Hoca'yı. Daha doğrusu hayallerimi yıktığı için iyi hatırlardım onu. İncecik, bembeyaz bir adamdı... Kemikli elleri kocaman, karakteristik... Kemerli güçlü bir burnu, küçücük ama delici bakışları vardı. Sesi hep kısık gibiydi...

Şimdi karşımdaki bu adamı görünce Akif Hoca canlanıvermişti gözümde. Çok heyecanlıydım üniversiteyi kazandığımda, tek başıma dünyayı kurtarabileceğimi sanıyordum o zamanlar. Güçlü, zeki, vatanına hayırlı işleri dokunacak, umut vaat eden bir adam gibi hissediyordum. İki yıl soluk bile almadan çalışmıştım sınavlara... Beni yazılarımdan tanıyanların sandığının aksine sayısal kısmı ful, sözelde aksaklıklar dolu bir sınav kâğıdı sokmuştu beni İstanbul Teknik Üniversitesi'ne.

Üniversite sınavını kazanmak çok şey ifade ediyordu benim açımdan. Rüştümü ispatlamak gibiydi adeta. Kampusa ilk adımlarımı attığım o günü hatırlıyorum da nasıl da büyülenmiştim. Ulaşılmaza ulaşmış, aşılmaz duvarları aşmış, kalelerin zirvesine çıkmış, koskocaman bir fethi tek başına gerçekleştirmiş gibi güçlü ve özel buluyordum kendimi. Artık bir üniversiteliydim. Üstelik mühendis olmaya adaydım. Hayallerim vardı... Hem de büyük hayallerim... İcatlar yapacaktım, keşiflerim olacaktı, tezlerim, projelerim, girişimlerim... Daha neler neler...

Ne var ki henüz birinci sınıftayken çat diye indiriverdiler beni bulutlardan aşağı... Haddimi bildirdiler zalimce...

Hiç acımadan, bende bütün bunların neye mal olacağını hiç umursamadan hızarla giriştiler düşlerimin içine.

Daha doğrusu biri yaptı bunu. Hem de bir hoca... Üniversite hocası...

Akif Hoca, tutunduğum ne varsa koparıp almıştı elimden. Beni boşluğun içinde kanatsız, tek başıma, çaresiz bırakmıştı.

Henüz dört ay olmuştu okul başlayalı... Gece gündüz bir model üzerinde çalışıyordum. Patentini almayı düşündüğüm bir gemi pervanesi modeli projem vardı. Aklımca büyük ilgi göreceğine inanıyordum. Hevesle, canla başla uğraşıyordum. Bitirir bitirmez Akif Hoca'ya götürdüm. Fikrini sordum. Yüreğim ağzımda. Söyleyeceği her şey altın değerinde benim için.

"Neden böyle bir pervane kullanmıyorlar hocam?" diye sordum. "Böylece hem daha hızlı ve daha gürültüsüz çalışır... Ayrıca gürültü ve titreşim azaldığı için özellikle yolcu gemilerinde büyük avantaj olur."

Dudağının kenarıyla gülmüştü Akif Hoca... Küçümser gibi bir tavırla elinin tersiyle geri çevirmişti aylardır üzerinde çalıştığım projeyi.

"Dediğin şey mantıklı olsaydı çoktan bulunurdu merak etme" demişti.

O an yaşadığım yıkımı tarif etmem mümkün değil...

Geleceğimi çekip almıştı benden bir cümlesiyle. Girdiğim dersleri bile dinleyememiş, ağzımı bıçak açmamıştı bütün gün. Akşam eve döndüğümde cansız, heyecansız, suspustum.

Kırgın değildim Akif Hoca'ya... Terslediği için de üzülmüyordum. İnandığım değerler üzerinde pervasızca hüküm vermeye cüret ettiği için üzgündüm. Hayallerimle, ideallerimle oynamış, değerlerimi küçümsemiş, yok saymıştı. Aklınca dalga geçmişti benimle.

Mühendislik üzerine kariyer yapmak düşüncesi o an sona erdi benim için. Okulu bitirip mezun olmaksa alışıldık bir "diploman olsun" inancıydı.

Düş düşmanı diyorum ben Akif Hoca gibi adamlara... Peki, işin korkunç yanı ne biliyor musunuz?

Akif Hoca gibi düş düşmanlarının her yerde, her kılıkta etrafımızda her an dolaşmaya devam etmesi... Meğer hiç de az değilmiş sayıları... Müthiş rahatsızlık duyuyorlar idealleri olan, hayal kuran ve bu uğurda mücadele eden, emek sarf eden insanlardan. Yok etmeden de rahat etmiyorlar...

Hayırlı bir yenilgiydi Akif Hoca... Hayatım boyunca onun gibi düş düşmanlarıyla karşı karşıya gelebileceğimi hatırlatmış, buna her an hazırlıklı olmam konusunda sağlam bir ikazda bulunmuştu bana. Hakkını ödeyemezdim. Akademik kariyerimden, projelerimden, ideallerimden vazgeçmiştim ama bundan sonrası için zırhlanmıştım en azından.

Ellerine sağlık hocam... Yazacağım kitapta bile geçecek adın merak etme. Seni tarihe not diye düşüyorum... Geleceğime mal olan o cevabını olduğu gibi yazıyorum buraya...

"Dediğin şey mantıklı olsaydı çoktan bulunurdu merak etme..."

Düş düşmanlarına üniversitelerde bile rastlamak mümkünmüş gördüm. Akif Hoca gibiler hayatın her sahnesinde, her kılıkta, her unvanla karşımızda.

İdealist insanların üzerine demirden bir kafes atıveriyorlar acımadan... Sonra gördüm ki kafesin içinde yaşıyor memlekette neredeyse herkes... Birileri gelip zalimce demirden bir örtüyle örtmüş hepsinin hayallerini, ideallerini, inançlarını...

Bir insanı inancından vurmakla kalbinden vurmak arasında ne fark var sorarım size?

Elinden düşleri alınmış biriyle kalbi kurşunlanmış insanın yarası arasında ne fark var?

Elbette bu kafesten çıkmanın bir yolu olmalı... Kafese boyun eğmemeli... Düş düşmanlarının yazdığı kadere razı olmamalı...

Benim kapılarımı Fesleğen aralamıştı... Onunla tanıştıktan sonra bu hapislikten kurtulmanın mümkün olabileceğine inandım. Yepyeni düşler kurdum onunla... Yepyeni bir yazgıya niyetlendim...

Evinde hayvan besleyenler bilirler. Hayvan ihtiyacı olan ilgiyi hak etmek için kendini sevdirmek zorunda olduğunu keşfeder sonunda... Kendini ne kadar çok sevdirirse o kadar rahat ve kolay yaşayabileceğine şartlanır. Bu da hayvanın üzerine atılmış demirden bir kafestir işte... Etrafımız esir canlılarla dolu dersem çok da yanlış söylemiş olmam aslında.

Bence siz de duygunuza dikkat edin. Kendinizi çok sevdirmek için ödün verdiğiniz oluyor mu, iyi düşünün... Kendi ellerinizle kendi hapishanenizi inşa ediyor olabilirsiniz.

***

"Ne demek istediğinizi pek anlamadım" dedim Akif Hoca'ya benzeyen yaşlı adama.

"Derdi olan insan değerlidir" dedi. "Dert insanı ya kâşif yapar, ya fatih yapar, ya şair yapar, ya da sanatkâr..."

"Bu konuda haklı olabilirsiniz işte..." dedim. "Siz hangisisiniz acaba?"

"Sanatkârım..." dedi. Bestekârmış meğer. Pek çok eseri varmış Türk Sanat Müziği'nde... TRT'de seslendirilmiş eserleri, kasetlerinde yer vermiş bestelerine ünlü şarkıcılar...

"İnsanın bir derdi olacak. Bir gurbet hissi olacak içinde ki, insan hayatta yol alabilsin. Üretebilsin ama değil mi?" dedi. "İnsanın gidesi olacak bir yerlere, geçmeyeceğini bile bile, gidip de bulamayacağını bile bile gidesi olacak hem de. Yüzüne baktığında bir yaşanmışlık göreceksin, anlatacak bir hikâyesi olduğunu hissedeceksin. İnsanın uğruna başını vereceği bir derdi olacak. O derdin peşinde koşmaktan yorgun düşmüş bir de yüreği olacak. Bakışları derin olacak. Yalnızlığı sahici ve üretken olacak. Çünkü anlatılabilen bir dert, çok da dert sayılmaz. Kimsenin derdinden başkası anlamaz. Dert başkasının anlayamadığıdır. Sahibinde doğar, sahibini doğurur, sahibinde sürüklenir..."

"Doğru söylüyorsunuz..." dedim. "O yüzden derdiniz ne diye sormayacağım. Zira anlamam mümkün değil..."

"Aferin aferin..." diyerek gülümsedi yaşlı adam. "Akıllısın da delikanlı... Ben de sana sormuyorum derdini. Ama belli ki sen de seyyah olmuşsun."

"Tam üzerine bastınız..." dedim. "Kendini bulmak için yola çıkmış bir seyyahım..."

İnternetten bestelerini dinledik yaşlı bestekârın... Sahiden duygulu, derin şarkılar yazmış... Çoğunu da hatırladım çocukluğumdan. Annem mırıldanırdı mutfakta...

Yazılarımı alıp okudu. Çoğunu ahenkli, kendi içinde ritimli buldu. "Mektup gibi bunlar..." dedi. Bu yolculukta da mektup yazmak gelmişti içimden. Az önce yazdıklarımdan bir iki tanesini okudum ona:

***

Seni özlüyorum ey sevgili...

Mektup yazabilen bir adamın düşünmesine, sevdiğine mektup yazan bir adamın da sevmesine kimse mâni olamaz... Eskiden mektup yazardık. Mektup yazabilen son nesiliz belki de biz. Bizden sonra SMS paketi savaşları dönemi başladı yazık. Sonra her şey bozuldu hızla.

Sevgiliye duyulan hisler bile değişti aslına bakarsan... Sözlerimiz değişti, beklentilerimiz değişti, gidişlerimiz değişti, vedalarımız değişti, sevme biçimlerimiz değişti. Sonunda sevgililer de değişti işte.

Sevenler mektuplaşamaz mı?

İnsan ağabeyine, ablasına, annesine, babasına, sevdiğine mektup yazamaz mı?

İki kardeş, iki yoldaş, iki derttaş kâğıda dökerek tefekküre davet eder karşısındakini...

Mektup bu yüzden kıymetlidir. Mesaj atmak gibi değildir. Mektup kime yollandıysa, içeriği üzerinde derin düşünmeye davet eder onu. Bilgi vermek için değil, dert anlatmak içindir mektup... Konuşamadığını konuşabilmektir. Dilinin dönmediği cümleleri kurabilmektir.

Sahi kim bizi mektuplardan uzaklaştırıp bayram mesajı tekerlemesi koleksiyonu yapmaya zorladı? Fesleğen bir mek-

tup yazsa bana, bütün dünya mektupları içinde iki kelimesini görsem onunkini tanırdım hemen. Okumazdım sözlerini, kokusunu duyardım her satırda.

Sevdiğime yazasım geliyor mektupları, bir de sevdiğimin kim olduğunu anlayabilenlere.

Bu mektubu sana yazıyorum. Kim olduğunu bilmiyorum. Adın ne sormuyorum. Neredesin kimlerdensin ilgilenmiyorum. Bu yüzden ben de kendimi tanıtmayacağım... Beni bana bakarak değil kendine bakarak anlayabilirsin. Ben senin eksik hissettiğin yanınım... Yastığına döktüğün gizli gözyaşlarınım...

Ben senin içindeki o masum yürekli çocuğum. Ben seni terk etmeyecek olan sevgilinim. Boş kaldığında sol yanın, "Olsun iyi insanlar hâlâ var" diye düşündürecek umudunum.

Beni aramana gerek yok, gördüğün an tanıyacaksın zaten.

Biliyorum, önce kendimizi unuttuk, sonra neyi unuttuğumuzu unuttuk. Yıllar böylece geçip gitti farkındayım. Hiçbir şey bilmeden hiçbir şey anlamadan tükeniyor zaman.

Bu satırları yazarken dinlediğim şarkının sözlerini de yazmak isterdim araya ama müziğini anlatamam diye yazmıyorum. Sen yalnızken ne dinliyorsan ben de onu dinliyorum şu an.

Hem sana hem kendime yazıyorum bu mektubu. Yalnız olmadığını bilip yalnızlık çekmek ne kadar zor...

Çık karşıma, ben de aynı şeyleri hissediyorum seninle... Beni sevebilirsin diye umut ediyorum, hem de hiç tanımadığın halde... Okuduğunda sevdiğin bir kitabın yazarını da tanımana gerek kalmadan seversin ya onun gibi işte...

Mektuplar öyle midir peki? Mektup aldığı birini sevesi gelir mi bir insanın? Ya da çay demleyesi?

Bana demli bir çay borcun olsun ya da bir şarkı tut içinden şimdi benim için, çay kadar iyi gelsin...

***

Trenlerle mektupların kardeş olduğuna inanırım. Pek anlatamadığım tuhaf bir benzerlik buluyorum ikisi arasında.

İkisi de yolla ilgili, yolculukla ilgili... İkisinde de kavuşma umudu, birini diğerine ulaştırma hevesi var... İkisi de özlemle ilgili... İkisi de hasret... İkisi de duygulu... İkisinde de gözyaşı var, sevinç var, hüzün var, neşe var...

Eminim şu trenle her gün sefere çıkan makinist bile benim kadar âşık değildir trenlere, garlara, yolculuklara... O trene binerken işini yapıp parasını kazanmayı düşünüyor, bense âşık oluyorum... Yazmaktan başka bir şey gelmiyor aklıma.

Bir tane daha okuyorum, içimden geliyor işte...

***

Sabırla dayanmak büyük hünerdir gidişlere...

Ama bilerek sabretmek...

Öyle dizlerinin üzerine çöküp yıkılarak değil. Yüreklice sabretmek...

Adam gibi, ağaç gibi, dimdik ayakta, kırılıp dökülmeden rüzgârda...

Savaşır gibi, direnir gibi de değil... Geçeceğinden emin olmanın güveniyle sabretmekten söz ediyorum. Bir arı, bala düştüğünde ne yapar mesela?

İki seçeneği vardır sadece. Ya teslim olacaktır kaderine, teslim edecektir kendini bala, ya da çırpınmaya başlayacaktır. Çırpındıkça daha da batacaktır içeri. Çırpınmadığında kurtulma ümidi doğacaktır. İş ki sabretmeyi bilmekte. Yalnız buradaki ince çizgiyi doğru anlamak lazım. Sabır çaresizlik içindeyken karar vermek demek değildir. Arının çırpınmamaya karar vermesi sabır sayılabilir mi? Düşünmek icap eder... İnsanın sabrı da buradaki arınınkine benziyor biraz.

Yapacak hiçbir şey kalmadığında "Sabredelim bari" diyor insan... Sabrı tahammül sanıyor. Katlanmak sanıyor kaderine ya da çaresizliğine...

Kendini dağa vurup "Kimseye yanlışım yok" demek sabretmek sayılır mı hiç? Kötülüğün içinde iyi kalabilmek değil midir sabır?

Sabır, bilinçli bir harekettir. Bilerek isteyerek kendini yanlıştan sakınmak ya da bir imtihana Allah rızası için gönüllü olmaktır. Sabır denen şey, çaresizlikten dolayı değildir. Bütün sokaklar sana açıkken, herkes seni bir yanlışa çağırırken yalnızca bir sebep için beklemektir sabretmek.

İşte bu sabrediş öyle güzeldir ki, Allah bu sabrını dua sayar ve kabul eder kuşkusuz. Hem dua sadece ellerini açtığında mı başlar? Yeri gelince edep etmek de bir duadır. Hakkıyla sevmek de bir duadır. Allah için yapılan her hareket aslında bir dua değil midir?

Gideni geri döndürmek değil, onu beklemektir sabır... Allah için doğruları yapmaya devam ederek beklemektir... Sadakattir...

Karanlıkların içinde aydınlıkları hayal etmektir... Tohumun içinde gizlenen papatya tarlasını görmektir. Demlenmektir sabır... Öyle bomboş oturup hareketsiz kalmak değildir. Hareketsizliğin içindeki müthiş eylemdir. Hem de dünyanın en nahif, en incelikli eylemi... Karların altında uyuyan güneşi görmektir sabır, kıştan sonra baharın geleceğini bilmektir. Gurbetlerin sonundaki tren sesini işitmektir. Kavuşmaların kokusunu duymaktır. Sabır uyku hali değil, uykudan uyanış halidir...

***

Kendinizle altı saatten fazla baş başa kaldığınızda gerçekle hayali karıştırabiliyorsunuz. Ya da gerçekmiş gibi hayal kurabiliyorsunuz.

Yazdığım bu mektuplardaki tren sesini Fesleğen işitebilsin istiyorum mesela. Mektuplar kâğıdın üzerine karalanmış yazılardan ibaret değildir çünkü. Rengi vardır, yazıldığı mevsimin havası vardır, yazanın kokusu vardır üzerinde. İşittiği sesleri de taşır, dökülen her damla gözyaşını içer, yazanın kalp atışını da götürür gittiği yere.

Avucumun içindeki ter de, gözümdeki yaş da düştü kâğıda... Hayattan öç alır gibi yazmak istiyordum... Baktığım her şeyden çıkarımlar yaparak yazmak, hiç ama hiç durmadan yazmak istiyordum. Gördüğüm her karede kafamın içinde kelime bulutları oluşuyordu. Kelimeler nağmeleniyor, her biri türkü dolup çalınıyordu içimde.

***

Biz buraya türkü olmaya geldik. Okuyanın, bakanın, dinleyenin boğazına düğüm atmaya geldik. Konuşmamıza ge-

rek kalmadan, halimizle anlatmaya geldik. Ağlamaya geldik. Önce manaya sonra da manayı anlatmaya geldik.

Biz hüznü sevmeye geldik. Bir türkünün içinde hüzün olmaya geldik. Bu gök kubbenin altında unutulmayacak melodiler bırakmaya geldik. Eğlenmenin yaşını çocukken unutmuşum. Evet, çocukken de türkü gibi hissediyordum. Hüzünlü, sesi kırık ve tabii ki gözleri yaşlı bir türkü gibi...

Ne sesler geçti dünyadan. Bize bir türkü nahifliği sevdirildi. Bir gün gelmedi öyle tebessüm edelim özgürce. Biz o türkünün satırlarını ezber ettik. Çocuktuk ama o türküyü biliyorduk. Üzerimizde bilmenin o büyük sorumluluğu vardı ve çocuk olsak da çok seviyorduk... Biz el âlem gibi sevemedik işte. Biz bir gün bile o bir günlük şarkılardan söyleyemedik.

Bir ozanın mısraına, ömürlük mühürlediği bir türküye meylettik hep. Bir buraya harcanmaya değil, aşkı bulmaya geldik. Aşka gidecek yollara taşlar biriktirmeye geldik. Sevgilinin huzuruna çıkacağımız güne değil, her güne hazırlık yaptık, çünkü biliyorduk, biz her gün sevgiliyleydik.

Bizim düşüncelerimiz yaşlıcaydı hep, türküceydi. Nasıl tarif etsem sevdiğim, bizim sevgimiz insana iyi gelen bir türkü gibiydi...

***

"Her doğru bildiğin şeyi yapıyor musun?" diye sormuştu Fesleğen bir gün kitap kafede. "Mesela çalışıp vermemiz gereken bir sınavımız olduğunu bildiğimiz halde, çalışmayabiliyoruz bazen."

Fesleğen'in hiç ummadık anlarda insanı kuvvetle sarsan, aslında baktığınızda basitmiş gibi görünen zor soruları vardır. "Neden böylesin?" diye sorduğumda "Eh işte..." derdi. "Babamın kızıyım ben." Ne çok isterdim babasını tanımayı ama artık Fesleğen bile yoktu yanımda.

"Etrafımız her şeyin nasıl olması gerektiğini bilen insanlarla dolu farkında mısın?" demişti. "Artık teknoloji çağı ne de olsa. Bilgiye ulaşmak kolay ve hızlı... Mesela haksızlık etmemek gerektiğini bilir herkes. Yardımlaşmanın iyi bir şey olduğunu bilir. Dostlukların emek istediğini bilir. Sorsan uzun uzadıya anlatırlar, kitap yazacak kadar çok konuşurlar..."

"Haklısın..." demiştim. Konuyu nereye taşımak istediğini anlamıştım sonunda. "Herkes her şeyi bilir ama nedense bildiğini yapmaz değil mi?"

"Aynen öyle Seyyah! Düşünüp durduğum şey bu işte..."

Bildiğimiz her doğruyu yapmıyorduk. Haklıydı Fesleğen. Bilmek yeterli değil. Sigaranın zararlı olduğunu bildiği halde memleketin üçte birinin sigara içmeye devam etmesi gibi işte...

Ekranların bir zaman kaybı, algı bozulması hatta manipülasyon olduğunu da bilmeyen yoktur elbet. Ancak dünyanın en çok televizyon izleyen ülkesi olduğumuz gerçeğini değiştirmiyordu bu bilgi. Çalıştığımız şirketlere yaranmak için bazen yanlış yöntemlerle ticaret yapıp başkalarının zarara girmesine bile yol açıyoruz. "Rekabet" diyorlar adına... Herkes eğrinin ne olduğunun farkında ama kimse doğru olmayı tercih etmiyor.

Sahiden de çok garip... İradenin akla üstün gelmesi miydi bu yoksa çıkarların her şeyin üzerinde durması mı? Bilemiyorum...

Bilmek ne işe yarıyor o halde?

Bilgiyi kullanmadığın sürece hiçbir işe yaramıyor aslında...

Tren Konya Garı'na girdiğinde içimin ürpermesinin nedeni de sanırım bu kez hiçbir konu hakkında hiçbir şey bilmediğimi düşünmemdi.

İstanbul'da içine kapalı yalnız bir adam da olsam güçlüydüm. Bildiklerimin de farkındaydım, bilgimi nerede, nasıl kullanabileceğimin de...

Ama Konya öyle mi ya? Aklımı İstanbul'da unutmuş gibi hissediyordum şimdi. Biraz sonra trenden inince ne olacaktı? Ne yapacaktım? Nerede kalacaktım? Kimden ne soracaktım? Hiçbir fikrim yok...

Yalnız bir şey biliyordum ki, belki bunun verdiği kuvvetle ve içsel dayanıklılıkla hayatımda ilk kez geldiğim bu şehirde afallamadan yol alabilecektim. Ne olursa olsun sevdiğim kadınla aynı şehirdeydim artık. Aynı sokaklarda yürüyecektik muhtemelen, aynı meydanlarda dolaşacaktık, aynı çarşıların içinden geçecek, aynı havayı soluyacak, aynı yağmurun altında ıslanacaktık. Belki de gün gelecek karşılaşacaktık...

2. Bölüm

Şems, Cennet Dede, Şeker, Birlik Dükkânı, Sahaf

Hangi yıldızı tutmak lazım gökyüzünde,
geceye kılavuz olsun diye?

Konya Tren Garı...

Kimse durup bakınmıyordu etrafına benden başka. Herkes nereye gideceğini biliyor gibiydi. Kiminin bekleyeni koşup kavuştu ona, kimi seri adımlarla yüklerini sırtlanıp attı kendini dışarı, kimi elinde cep telefonuyla "İmdat!" der gibi bekliyordu bulunmayı...

Bense öylece hareketsiz duruyordum garda... Boş bir bank bulup oturdum. Yanımda valizim, sırt çantam ve uçurtmam...

İnsan bilmediği şeyden korkar ya, bu belirsizliğin bana geri adım attırabileceğini bile düşündüm açıkçası yoldayken... Ama şimdi gönül rahatlığıyla söyleyebilirim ki hissettiğim şeyin adı kesinlikle korku değil...

Bundan sonra neler olacağını bilmemek ama her şeye rağmen sahnenin dışına çıkmamak konusunda kesin kararlı olmak, müthiş bir merak duygusu alevlendiriyordu içimde. Kolumun altındaki bu kuyruklu küçük oyuncağa bakarken bir çocuk kadar heyecanlı, meraklı ve cesurdum. Rüzgâra karşı yükselmeye hazırdık ikimiz de.

Gardaki yoğun kalabalık hafifleyince toparlanıp çıktım. Belki önce eşyalarımdan kurtulmalıydım. Yerleşecek bir yer bulsam iyi olurdu... Nereye gideceğim hakkında bir fikrim yoktu ama acele edecek de değildim. Kaderin aktığı yöne teslim olmak istiyordum bu kez. Hiçbir şeyi kontrol etmeye kalkışmayacağım. Hem hangimiz hayatımızın ne kadarını tamamen kontrol altında tutabiliyoruz ki? Nereye gideceğini bilsen de bilmek başka şey, o yere gitmek başka... Belki kaderde oraya gitmek yoktur hiç. O halde hayatımızın kontrolü ne kadar elimizde?

Cebindeki parayla karnını doyurabileceğini biliyor olmak da güven verebilir insana. Nereden bileceksin belki de cebindeki parayı hiç harcayamamak var kaderde? O halde kontrol ne işe yaramış olur ki?

Bu yüzden, Konya'da Allah'a emanet ettim kendimi. Ve Şems'e doğru attım adımlarını.

Garın karşısında küçük bir kıraathane olduğunu fark edip o tarafa yöneldim. Bahçedeki boş sandalyelerden birine geçip oturdum. Daha söylemeden demli bir çay getirip bıraktılar hemen önüme. Kabul edip başladım yudumlamaya... Öğlen saatleriydi... Pek kalabalık değildi kıraathane... Sohbete dalmış iki yaşlı amca, boşluğa bakıp sigara tüttüren yorgun bir adam, haritaya bakıp rota çıkaran iki de turist...

Aklımda Haydarpaşa'daki simitçinin sözleri dolanıp duruyordu hâlâ... Sanırım Mevlana'yla Şems'in türbesine gidecektim. Ne var ki biri beni çağırdıysa sahiden, o kişinin Şems olduğu inancı giderek kuvvet kazanıyordu bende. Bir seyyahı ancak bir seyyah anlardı sanki... Ondan başka kimse şu an bana yardım edemezmiş gibi geliyordu. Kıraathanede oturup düşündükçe tuhaf bir telaş sarmaya başlamıştı beni. Sanki burada vakit kaybettikçe gecikiyordum Şems'e... Bir an evvel gitmem gerekiyordu...

Hesabı öderken Şems'e gitmek istediğimi söyledim çaycıya.

"İlk kez mi geliyorsun Konya'ya?"

Nasıl bir acemilikse bendeki, görende hemen bu etkiyi yaratıyordum. O kadar mı belli oluyordu şehre yabancılığım? Oysa kalabalığın içinde fark edilmez olduğumu düşünürdüm hep.

"İlk kez..." dedim.

"O halde Alaaddin Tepesi'ne de git... Orayı görmeden olmaz..."

Hem teşekkür hem tamam kelimelerini birleştiren üstüne yazılacaklara mürekkebin yetmeyeceği o kelimeyi söyledim, "Eyvallah..." dedim. "Nasıl giderim oraya?"

"Hemen yolun karşısında minibüsler kalkar on beş dakikada gidersin yakındır."

"Yürüyebilir miyim peki?"

"Yakındır, olsa olsa iki kilometre, yükün var diye söylemiştim."

Ne yapacağınızı bilmiyorsanız bol zamanınız var demektir. Ben de "Bir bakayım, çok sağ olun hayırlı işler..." deyip telefonla kontrol ettikten sonra yarım saati biraz geçmişti ki Alaaddin Tepesi'ne vardım. Sorunca da Şems'in yakında olduğunu öğrenip doğrudan oraya geçmek istedim.

Kocaman bir sinema tabelasının önünde ışıkların yanmasını bekliyordum. İnsan sevince her şarkıyı, şehirdeki her köşe başını bir anısına yorarmış.

Onunla tanışmadan önce senede bir iki sinemaya giderdim. Yeni hayatlar, kurgular, görsel efektler, hikâyeler insanı başka diyarlara götürür. Özellikle kafamın dolu olduğu ve yorgun olduğum vakitlerde, iyi bir kaçıştı kendimi bir aksiyon filminin içinde bulmak.

Sonra Fesleğen geldi ve "Babam bana perdenin üzerine bakmaktan vazgeç artık kızım" dedi diyerek kumandada kırmızı düğmeye bastı ve perde yavaşça açıldı. Anladım ki perdelerin arasına sıkışmış kalmıştım. İzleyen de oynayan da ben değilmişim. Perde açılınca her şeyi fark ettim.

Meğer yıllarca kendi meselemi unutup başkalarının düşünceleri ve hayalleri üzerine hayatımı kurmuşum. Alışkanlık dediğim şeyler aslında vakit geçirmek içinmiş. Kendimden, düşüncelerimden, hayallerimden beni uzaklaştıran o kadar çok şeyin bağımlısı olmuşum ki. İnandıklarımın değil bana öğretilen bir sistemin üzerine hayatımı kurmuşum.

Yıllarca perdenin üzerinde oynayan hayatları anlatıyorlar bize, evimizde küçük bir ekranda büyüyoruz kocaman dünyanın içinde. Perde açılınca yani ölüm vakti gelince nasıl vakit kaybettiğini, asıl meseleyi anlıyor insan. Geçici dünya perdesi Fesleğen'le tanıştığımdan beri azar azar kalkıyordu gözümün önünden.

Perdenin üzerinde hoşlandığımız şeylere "Seviyorum..." diyoruz. Oysaki sevmek perdeyi kaldırıp arkasındaki hakikatle birlikte görüp bunu söylemek gerekti. Sevmek demek, illüzyonu fark edip asıl meseleye geçmek demekmiş. İnsanın kendi içinde yapabileceği en büyük devrimmiş. Samimi sevmek, temiz sevmek, Allah için sevmek...

Hayatınızı üzerine kurduğunuz şeylerin sadece bir film senaryosu olduğunu bilseniz ne hissederdiniz? Nasıl bir hayal kırıklığına uğrar, nasıl bir değişime girerdiniz değil mi? Fesleğen benim hayatımda o kırmızı tuşa basan kişi olmuştu. Sevdiğimden öte, beni hakikate uyandıran kişi olmuştu.

Aklımdan hızlıca geçen düşünceler yeşil ışığı görünce yerini hızlı adımlarıma bıraktı. Hava sıcaktı ama buralarda pek nem olmadığından bunaltıcı değildi. Terlemediğim için iyi hissediyordum kendimi.

Şems Parkı'nın içinde küçücük, mütevazı bir yapıydı Şems-i Tebrizi'nin türbesi. Gösterişsiz olduğu halde insanın üzerinde yarattığı tesire hayran kalmıştım. Ruhu sarıp sarmalayan güçlü ama huzurlu ve güvenli bir etkisi vardı buranın.

İçeri girmeden evvel bahçesinde oturup izledim bir süre. Türbeye dualarla girip, dualarla çıkan ziyaretçilere baktım bir süre. Su içtim, dua ettim, gözlerimi kapayıp havasını kokladım. Yumuşacık huzurlu bir gül kokusu aldım sanki, temiz bir toprak ve fesleğen kokuyordu şehir...

Tahir Amca'nın sözlerini düşündüm sonra. "Kokusunu unuttuğun için değil, sevdiğin İstanbul'da olmadığı için duyamıyorsun o kokuyu" demişti... Sanırım haklıydı... İstanbul'da saksılardaki fesleğenlerde bile alamadığım o keskin rayiha burada gül kokusuna karışmış halde sarmalamıştı beni.

"Ne olur bul beni Seyyah" demişti. "Çünkü ben seni bulamıyorum..."

"Merak etme..." dedim içimden, dua eder gibi. "Yolun sonunda sen mi çıkarsın karşıma, başka bir vuslat mı vardır nasipte bilmiyorum... Kaderin kalemi benim elimde değil... Lakin kaderin kâğıdıyım ben... Ne yazıldıysa o gelecek artık başa..."

***

Konya'yı başkalarına sormak yerine kendim araştırmak istedim. Çıkarımıza kullanınca ne kadar da faydalı aletler şu cep telefonları. Konya üzerine araştırmalar yaptım biraz.

Karşıma Mevlana ve Şems çıkıvermişti hemen. Simitçinin sözlerini hatırladım sonra.

"Konya'da yerin yurdun yoksa ama ille de oraya yolun düşüyorsa muhakkak ya Mevlana çağırmıştır seni ya Şems... İner inmez doğruca Şems'e var git sen."

Mevlana'nın 1207 yılında Horasan'ın Belh bölgesinde, bugün Afganistan sınırları içinde kalan Vahş kasabasında doğmuş Müslüman bir şair, mutasavvıf ve âlim olduğunu biliyordum.

Babası Muhammed Bahaeddin Veled'den "âlimlerin sultanı" diye söz edilirmiş. Babasını yirmi dört yaşında kaybetmiş Mevlana... Sadece babası da değil üstelik, aynı zamanda onun ilk hocası da... Sonrasında Halep ve Şam medreselerinde eğitimine devam etmiş.

Şems-i Tebrizi'yi de bilirdim tabii ki ama hakkında uzun boylu okumalar yapmamıştım şimdiye kadar. Okudukça, tarifi güç bir yakınlık duydum ona karşı. Felsefesi, âlimliği, sivri dilliliği, ilme düşkünlüğü, doğru sözlülüğü hepsi bir yana hayatını bir gezgin olarak yaşaması ve bitip tükenmek bilmeyen bir arayış içinde olması derinden sarsmıştı beni.

İran doğumlu bir seyyah Şems... Ülke ülke dolaşan bir gezgin, gerçek bir âlim... Tebriz Türklerinden olduğu için Şems-i Tebrizi diye anılıyordu ismi...

Mevlana da bir gezgindi kuşkusuz. Şehirden şehire aylar süren uzun yollar kat ediyordu ama Şems'in yolculuk anlayışı bambaşka... Yol, ilim öğrenmekten farksızdı Şems için...

Sahiden de Şems-i Tebrizi'yi adını "Seyyah" diye çağırsalar yanlış söylemiş olmazlardı. İlim çalışmadığı hoca kalmamış neredeyse. Ne var ki hiçbir hocaya, hiçbir ilme, hiçbir derse bağlanıp kalamamış. Öğrendikçe içindeki boşluk daha da genişliyormuş gibi sonsuz bir arayışla yollara vurmuş kendini... Hiçbir insanda, hiçbir ülkede, hiçbir adreste, hiçbir ilimde öyle uzun soluklu kalıcı olamamış...

Gittikçe gitmiş... Yürüdükçe yürümüş... Günlerce, haftalarca, aylarca, yıllarca gezmiş... Kültürden kültüre, tecrübeden tecrübeye yol alıp durmuş... Ne aradığını biliyordu kuşkusuz ama tarif edemiyordu. Söze sığacak ya da sözle tarif edilebilecek türden bir şey değildi muhakkak aradığı... Ama bulduğunda elbet tanıyacaktı onu. Görür görmez bilecekti aradığının kim ya da ne olduğunu...

Öyle de olmuş zaten...

Bir gün dua etmiş Allah'a. İçindeki tarifsiz boşluğu ve arayışı tarif edebileceği, aynı ateşle yanmaya aşina bir yoldaş dilemiş...

O gece bir rüya görmüş sonra. Aradığı dostun Konya'da olduğu bildirilmiş rüyasında. Bunun üzerine kalkıp Konya yoluna düşmüş Şems... Daha önce hiç görmediği, kim olduğunu bilmediği ama gördüğünde muhakkak tanıyacağından emin olduğu birinin izini sürmüş...

Nitekim Konya'ya vardığı gibi de bulmuş Mevlana'yı... Hiç tereddüt etmemiş bile onu gördüğünde. Eminmiş karşısındaki adamın aradığı dost olduğuna... Mevlana da Şems'i görünce ezelden beri tanışık olduklarını sezmiş. İki yabancı gibi değil, birbirini kaybetmiş iki eski dostun kavuşması gibi olmuş ilk karşılaşmaları.

Çocukken Şems'e sormuşlar:

"Derdin nedir? Elbise mi istiyorsun, yoksa gümüş para mı?"

Hiç düşünmeden cevap vermiş Şems:

"Keşke bütün bu üstümdekileri de alsalar ve bana ait olanı bana teslim etseler."

İsminin anlamı bile "güneş" olan bu bilge, henüz çocukken akıl almaz bir derinliğe, aydınlığa ulaşmış düşünceler âleminde...

Hatırlıyorum da çocukluk çağlarımdan beri okul da dahil etrafımdan işittiğim başlıca nasihatlerin arasında "Aman evladım içine kapanma, girişken ol..." da vardı.

Bir çocuğun ya da gencin kendine dönmesi, kalabalıklardan uzak durmaya çalışması, evde ve okulda tehlike çanlarının çalması demek... Çok garip değil mi ama? Yalnızlığın bir rahatsızlık belirtisi ya da tehlike sinyali anlamına gelmesi ne kadar sığ, hatta korkunç bir düşünce biçimi...

Genç dediğin, çevresi geniş, arkadaşlarıyla güzel vakit geçirendir topluma göre. Şems öyle miydi peki? Hayır...

Şems bir tutunamayanmış... Ne bir hocaya, ne bir okula, ne bir sisteme uzun soluklu bağlanmayan, tatmin bulamayan, aklının ve gönlünün sınırları yalnızlığıyla yarışan bir filozof...

Toplum içinde kendine yakın hissedip vakit geçirdiği insan yokmuş. Değil etrafındakilerle yakınlaşmak, Şems'e babası bile yabancıymış.

Güneş ağaçların dallarından sıyrılıp yüzüme ve ekrana vurunca telefonun ışığını açıp konuyla ilgili bir hatırasını okudum.

"Çocukken Şems'te garip bir hal baş göstermiş. Hatta bir ara yeme içmeden bile kesilmiş. Babası dahil kimse Şems'teki bu tuhaf hali anlayamamış. Evladının durumuyla ilgili endişelenen babası "Senin bu gidişatının sebebi ne bilmiyorum. Sen deli divane değilsin. Senin bu halin ne olacak oğlum?" demiş.

Şems de babasının bu sözüne karşılık "Bir tavuğun altına bir kaz yumurtası konulur. Kaz yavrusu yumurtadan çıkıp biraz büyüyünce su kenarına gelir ve hemen suya atlar" diye anlatmaya başlamış. "Ana tavuk, yavrunun etrafında çırpınır ama o kümes kuşudur, suya girmesine imkân yoktur. İşte seninle ben de böyleyiz ey babacığım! Ben yüzeceğim bir derya görüyorum. Benim yurdum o deryadır."

Doğduğu yere ait olmadığını hisseden ya da tarif edemediği bir arayışın içine düşen genç insanlara günümüzde ne nasihat ederler, tahmin edin...

Tabii ki şu: "Deli divane olma, içine kapanma, asosyallik kötüdür..."

Sanırım çağımızın afyonu yalnızlık kaygısı olsa gerek. Her ne oluyorsa, yalnız kalmaktan, kendine çekilmekten, yavaşlamaktan, sessizleşmekten korkan insanların şuursuzca ilişkilere, sosyal statülere, paraya, gösterişe ve itibara saldırmaları yüzünden oluyor.

Oysaki yalnızlık, bilmeye fırsat vermektir. Önce kendini sonra da Allah'ı.

Şems-i Tebrizi, aradığının Konya'da olduğunu öğrenince yola çıkmış ve uzun bir yolculuğun ardından 1244 yılının Ekim ayında Konya'ya gelmiş. Kaldığı odanın anahtarını tüccarlar gibi boynuna asıp çarşıda dolaşmaya başlamış. İkindiye doğru, anacaddede, at üzerinde peşinde talebeleriyle bir mürit görmüş. Şems hemen önüne geçerek katırın dizginlerini tutmuş ve "Sen Belhli Baha Veled'in oğlu Mevlana Celaleddin misin?" diye sormuş.

Bunun üzerine Mevlana, "Evet..." diye cevap vermiş...

"Ey Celaleddin! Bir müşkülüm var. Hz. Muhammed mi büyük, Bayezid-i Bistami mi?" diye sormuş Şems...

"Bu nasıl sual böyle? Tabii ki, Allah'ın elçisi Hz. Muhammed bütün yaratıkların en büyüğüdür" diye cevap vermiş Mevlana.

Şems de susmamış, vermiş hemen bir karşılık:

"O halde neden Peygamber, 'Ya Rabbi, ben seni bilemedim' diye buyururken, Bayezid, 'Benim şanım çok yücedir. Zira cesedimin her zerresinde Allah'tan başka varlık yok!' demiş..."

Mevlana kendinden emin bir tavırla açıklamış konuyu:

"Hz. Muhammed'in gönlü o kadar genişlemiş ve her makamda o kadar çok bilgi öğrenmişti ki hep daha çok yakınlık istemişti. Bayezid'in ise, bir yudum suyla susuzluğu dindi ve doydu... Vardığı ilk makamın sarhoşluğuna kapılarak kendinden geçti ve o makamda kalarak bu sözü söyledi."

Şems-i Tebrizi bu açıklama karşısında "Allah!" diyerek yere yuvarlanmış...

Mevlana, atından inip yanındaki adamların da yardımıyla yerden kaldırmış Şems'i... Onu alıp medresesine götürmüş... Mevlana, çok etkilenmiş Şems'in zekâsından, bilgisinden, âlimliğinden, kültüründen, derinliğinden... İlahi bir buluşma olmuştur onlarınki... Mevlana, başka kimseyle görüşmez olmuştur artık. Varsa yoksa Şems...

Sonra ayrılık girmiş araya... Mevlana'yı terk etmiş Şems... Söylentiye göre iki defa... Sözde Şems yüzünden halkından uzaklaşmış Mevlana... Eskisi gibi sohbetlere iştirak etmiyor, vaaz vermiyor, buluşmalara katılmıyormuş... Halk arasında bir huzursuzluk başlamış. Baskıyı sezen Şems, Konya'dan ayrılmaya karar vermiş. Şems, öyle başını alıp gidince kahrolmuş Mevlana... Ardından yazdığı şiiri okuyunca aşkın bir insandaki en büyük devrim olduğunu anladım.

Üşenmeyip defterlerimden birine geçirdim şiiri heyecanla... Defalarca okuyacaktım. Her okuduğumda noktasıyla virgülüyle Seyyah'tan Fesleğen'e yazılmış gibi hissedecektim.

***

"Duydum ki bizi bırakmaya azmediyorsun etme
Başka bir yâr başka bir dosta meylediyorsun etme

Sen yad eller dünyasında ne arıyorsun yabancı
Hangi hasta gönüllüyü kast ediyorsun etme

Çalma bizi bizden bizi gitme o ellere doğru
Çalınmış başkalarına nazar ediyorsun etme

Ey ay felek harap olmuş altüst olmuş senin için
Bizi öyle harap öyle altüst ediyorsun etme

Ey makamı var ve yokun üzerinde olan kişi
Sen varlık sahasını öyle terk ediyorsun etme

Sen yüz çevirecek olsan ay kapkara olur gamdan
Ayın da evini yıkmayı kastediyorsun etme

Bizim dudağımız kurur sen kuruyacak olsan
Gözlerimizi öyle yaş dolu ediyorsun etme

Âşıklarla başa çıkacak gücün yoksa eğer
Aşka öyleyse ne diye hayret ediyorsun etme

Ey cennetin cehennemin elinde olduğu kişi
Bize cenneti öyle cehennem ediyorsun etme

Şekerliğinin içinde zehir zarar vermez bize
O zehiri o şekerle sen bir ediyorsun etme

Bizi sevindiriyorsun huzurumuz kaçar öyle
Huzurumu bozuyorsun sen mahvediyorsun etme

Harama bulaşan gözüm güzelliğinin hırsızı
Ey hırsızlığa da değen hırsızlık ediyorsun etme

İsyan et ey arkadaşım söz söyleyecek an değil
Aşkın baygınlığıyla ne meşk ediyorsun etme..."

***

Telefonumda okuduklarıma o kadar odaklanmıştım ki yanıma oturan kişiyi ancak bankın sallanmasından fark ettim. Ona dönüp gayriihtiyari selam verip tebessüm ettim. Genç bir adamdı. Biraz kenara kayıp yer açtım yüküne. Büyük bir sırt çantası, kamerası ve fotoğraf makinesi vardı. Türbeyi ziyaret eden turistlerden olabileceğini düşündüm önce.

"Çok sade ama içerisi çok etkileyici değil mi?" diye sordu bozuk ama anlaşılır bir Türkçeyle.

"Henüz içeri girmedim..." dedim. "Şimdi gireceğim."

Joel'miş adı... Belçikalı bir akademisyen... Tarih okumuş... Konya'da belgesel çekiyormuş üniversiteden öğrencileriyle.

Dinler tarihi ve sufizm özel ilgi alanıymış. Mevlana'nın felsefesi hakkında epey bilgi sahibi... Lakin Şems'e duyduğu hayranlık bambaşka...

"Tasavvufun insan iradesi üzerine öğrettiği konular çok değerli..." dedi. "Mutlu olmanın yollarını değil, hayatın aslında acıyla birlikte neden güzel olduğunu anlatıyor. Bu çok özel..."

İlginç bulmuştum bu yorumunu. Bir Batılının bizim felsefemizde yakaladığı bu incelik hoşuma gitmişti. Biraz lafladık, yakın hissettim kendime. Konya'daki ilk sohbetimi bir yabancıyla yapacağım aklıma gelmezdi.

"Son yıllarda herkes mutlu insan olabilme saçmalığının peşinde" dedi. "Her an sürekli nasıl mutlu oluruz derdinde herkes. Alıverişle, sosyal medyayla, daha çok beğenilerek, daha çok onaylanarak, dikkat çekerek, iyi görünerek, spor yaparak, diyet yaparak, daha küçük beden giyinerek, dizi izleyerek, geçici telaşların peşinde koşarak... Bunun sonu yok ki... Üstelik hiçbiri insanı sürekli mutlu etmeye yetmez. Sadece bir süreliğine oyalar. Ayrıca insan sürekli mutlu olamaz. Sürekli mutluluk hali bir tür ruhsal hastalık... Hayatın içinde başka duygular da var. Kızgınlıklar var, küskünlükler var, hüzün var, acı var... Bu duyguların kötü olduğunu empoze ediyorlar kitlelere. Acıdan olumsuz bir duygu diye söz ediliyor... Yalnızlığın korkunç anksiyetelere yol açacağını düşünüyorlar. Saçma... Çok büyük bir bilgi kirliliği bu... Büyük bir yanıltma politikası..."

"Katılıyorum..." dedim. Benim de söyleyeceklerim vardı.

"Öyle hızlı yaşıyoruz ki şu dünyada. Yollarda hızlıyız, yemeği hızlı yiyoruz, hayatı hızlı yaşıyoruz. Hızlandıkça oturup bir güzelliği izleyemiyoruz. Duygular azalıyor her hızlanan günde...

Artık kitapların bile özeti lazım oluyor insanlara daha çok. İnsanların kitap okumaya vakitleri yok. Kitap okumayan insanlarla nasıl iletişim kurabilirsin ki? Onlar televizyonlardan öğrendiklerini konuşur. Kitap okuyan bir insanın televizyon dilini seveceğini sanmıyorum. İnsanlar, televizyondaki dizilerin özetiyle yetinmeyip uzun uzun birkaç sahnede geçirilen yavaş çekim, yalandan ağlayan dizileri üç saat izlerken, bu topraklarda bir kitaba aylık ayırdığımız süre üç dakika bile değil.

Bekliyorum, bir gün insanların özetini okuyup işimize gelenlerle sevgili olacağımız günleri. Öyle ya inancımızın bile özetini öğrettiler bize. Allah var de, geç. Biz neyiz, nereden geldik nereye gidiyoruz, ne için buradayız, hiçbir şeyden haberimiz yok. Bir gün insanların da özetiyle yetineceğiz diye korkuyorum. İnsanlar, Allah için değil de ölemedikleri için yaşıyorlar sanki..."

Henüz tanıdığım ve yarım Türkçe bilen biriyle çok rahat konuşmuştum. Belki de buranın havası beni böyle rahat hissettirmişti. Zannedersem sevmişti beni, neden buraya geldiğini nerde kaldığını anlattı.

Şems'in türbesini görmek için içeri girmek istediğimde selamlaşarak ayrıldık Joel ile. En son "Şems'le baş başa ol, seninle konuşacaktır..." demişti.

***

Şems'in, üzeri yeşil renkli kadife bir örtüyle kaplı sandukasının başına geçip bağdaş kurarak oturdum. Burası aynı zamanda mescitmiş. İnsanlar hem namaz kılıyor hem Şems'i ziyaret ediyorlardı. İçerisinin sakinliği, daha rahat ve daha huzurlu hissettiriyordu bana. Hava kararmaya yakın ve sakinleşmişti etraf. Sanki sahiden de baş başa gibiydim onunla. Bir süre öylece oturup bekledim. Gözlerimi kapayıp durdum hiçbir şey düşünmeden.

İstemsizce gözyaşlarım boşanmaya başladı sonra. Ağlıyordum... Neden ağladığımı bile bilmiyordum oysa. Gözlerimden sicim gibi yaşlar boşanıyordu. Dışarıdan nasıl göründüğümü umursamadan bu halin içinde sabırla kalıp bekledim.

"Seyyah Şems!" diye seslendim ona içimden. "Bana yardım et... Ben bir arayış içindeyim senin gibi... Adı aşk mıdır, mana mıdır, başka şey midir bilmiyorum. Belki bir adı bile yoktur. Belki insan suretindedir, belki bir surete bile sahip değildir. Bu yol beni nereye götürecek? Yolun bir sonu var mı? Aradığımı bulabilecek miyim?"

Gönlüm bir hüzün denizi olmuş dalgalanıp duruluyordu sürekli... Sessizliğin arkasından his gibi, duyulmayan, görülmeyen ama anlaşılabilen bir ifade yükseldi bir an. Tarifi zor ama sessizlikle konuşan bir sesten söz ediyorum aslında.

"Yol seni bir yere götürmez..." dedi içimdeki ses. Şems'in benimle konuştuğundan emindim. Başka bir açıklaması daha olamazdı bunun. "Yol seni hazırlar sadece... Bu yüzden varmak değil, yürümektir asıl olan. Bulmak gayesi içinde çırpınıp durma. Ama aramaktan da vazgeçme. Yoldan çekilme. Ne kadar güç de gelse çekilme yoldan. Ayakların acısa da devam et yürümeye. Unutma, ayağında diken yarası olmayan sinesine gül kokusu süremez..."

Ayaklarımdaki yaralar Fesleğen'in gitmesi, sineme sürülecek gül kokusu da yine Fesleğen'in kendisiydi. Derdim de dermanım da aynı kişiydi. Bana hayatı öğreten de beni ayağa kaldırıp yürüten de oydu.

Ben her insanın üç yolu olduğuna inanırım. Üç çıkış kapısı. Üç anahtar. Her biri bizi özgürlüğümüze kavuşturacak rehberlerdir ve kapıların ardında hayal edilebilecek en büyük mükâfat vardır: Sonsuz bir huzur hali.

Bu üç kapıdan biri cümledir. Tek bir kilit cümledir. Ve bir kitapta yazılmıştır. Bir kitapta bir cümle yazılmış ve ömrün boyunca senin onu okumanı beklemektedir. Haydi gel beni oku demektedir. Öyle bir cümle ki bir kez okusan hayatın değişecektir, bir kez diline nasip olsa da okusan o kitabı ve cümleyi, hayatın değişecektir. Ama sadece okursan değişecektir. O halde nasıl olur da o cümleyi aramadan durabilirim dedim ve hayatımı kitaplara verdim.

Diğer kapı bir duadır. Evet bir dua. Alnına yazılmış bir dua, ömrün boyunca seni beklemektedir. Ne zaman avuçlarını açıp dua edecek demektedir. Bir kez etsen bir kez tüylerin diken diken olacak şekilde, bir çocuk doğallığında ağlayacak şekilde hayatın değişecektir. Allah o duanın hatırına sana o sonsuz huzuru verecektir. Yürüyüşün değişecektir. Bakışın, yanışın, hislerin değişecektir. O duayı etsen her şey değişecektir. Ama edersen değişecektir.

Ve bir insan. Sana ayna olacak o insan. Bir kez tanışsan hayatını değiştirecektir. Ama hak edip de o insana layık bekleyebilirsen. Eksik yarını tamamlayacak ve sana ayna olacaktır. Onunla tamamlanacak bir bütün olacaksın. Ama hak edip de tanışırsan ki bir kez tanışsan hayatın değişecektir. Bana ayna olacak insanı hiç aramadım o bana geldi, ismi Fesleğen'di.

Ömrümün noktası kaç yaşıma kondu bilmiyorum ama burada kendime söz veriyorum. Hayatımı değiştirecek o cümleyi bulmak için hep okumaya devam edeceğim. Hayatımı değiştirecek o dua için her zaman kalbim Allah ile olacak ve hayatımı değiştirecek o diğer yarım için hep doğru kalmaya çalışacağım.

Ellerim sevdiğimin şehrinde açık dua ediyordum. Ben mi anlatıyordum, Şems mi bilemedim. Ama söylenilenleri anlıyor ve sorularıma cevaplar buluyordum. Yolculuk boyunca aklımdaki soruların hepsi siliniyordu. Anlıyordum ki sözle tarif edemediğim bu arayış aklımla, mantığımla, doğru soruları sorup doğru cevapları aramakla çözebileceğim bir tecrübe değildi. Bu bir gönül yolculuğuydu. Yüreğimden başka, yüreğime seslenenden başka rehberim de olmayacaktı...

Dışarı çıktığımda yüzümün nasıl göründüğünden emin değildim, gözlerim kıpkırmızı olmalıydı. Başım ağrımaya başlamış, belki de bir şey yiyip içmediğim için kendimi güçsüz hissediyordum.

Marketten hazır bir sandviç alıp, Şems'in hemen karşısındaki dışarıya tabureler yerleştirilmiş olan bir çay ocağına gittim. Garip bir kırgınlık vardı üzerimde. Belki de hasta olacaktım, zaten bir bu eksikti. Ancak böyle zamanlarda fark ediyordum sağlığıma karşı ne kadar özensiz ve dikkatsiz olduğumu... Ne uyku uyuyordum, ne düzenli besleniyordum...

Ağacın altındaki boş sandalyelerden birine oturmak istedim yine. Havasızlık daha da bunaltacaktı beni içeride. Bir çay söyleyip yanına da limon istedim.

"Su ister misiniz?" diye sordu çayı getiren adam. Belli ki yüzümde ağlamış olmamdan kaynaklanan bir solgunluk ve halsizlik vardı. Bakınca belli oluyordu sanırım iyi olmadığım.

"Biraz başım ağrıyor..." dedim. "Ağrıkesici bulunur mu sizde?"

Çaycı oturanlara doğru seslendi ağrıkesici için. Kimseden işe yarar bir şey çıkmadı. Kiminde tansiyon hapı, kiminde şeker...

Sonra akça pakça sakallı, babacan bir amca geldi, neredeyse herkesi tanıyor gibiydi. Tatlı tatlı selamlaştı hepsiyle. Nasıl güzel bir yüzü vardı. Boş tabure bakındı ama bulamadı. Hemen içeriden uzattılar bir tane. Orta masalardan birine yanaştı. Ağrıkesici arandığını işitince kulak kesildi.

"Kime lazımmış hayırdır?" diye sordu davudi bir sesle. Beni işaret ettiler bunun üzerine. "Delikanlının başı ağrıyormuş..."

Alıcı gözle şöyle tepeden tırnağa iyice bir süzdü beni ak sakallı amca... "Hımmm..." dedi küçük torununa şakadan kızan dedeler gibi kaşlarını atarak. "Şimdiki gençler de pek dayanıksız canım... Hepsi çıtkırıldım... Bu yaşta baş ağrısı da neymiş?"

Mahcup bir ifadeyle gülümsedim. "Öyle..." dedim. "Haklısınız aslında. Hava çarptı belki. Yoksa kolay kolay hasta bile olmam ben..."

"Buranın havası buralıyı çarpmaz, nerden geldin bakayım sen?"

"İstanbul'dan..." dedim.

Bu sırada ceplerinden küçük enfiye kutuları çıkarıp içlerine bakıyordu ak sakallı amca. Beni dinlemiyor gibiydi ama aradığımız şeyi bulmuştuk sonunda. Çaycı soğuk su getirince ak sakallı amcanın uzattığı ağrıkesici hapı yuttum.

Herkes sohbetine geri dönmüş, çay ocağının gürültülü uğultusu yeniden başlamıştı. Ak sakallı amca da çay içiyor, sohbet ediyor, ara sıra saatine bakıyor ama tek gözüyle de beni izliyordu. Çaktırmamaya çalışsa da, önce eşyalarımı sonra tepeden tırnağa beni incelediğinin farkındaydım. Fark edilmeyecek gibi değildim, elimde bir uçurtmayla ortalıktaydım.

Cep telefonumdan civardaki otelleri taratıp bir iki arama yaptım hızlıca. Boş oda bulmak ne mümkün? Oteller dolu... Büyük otellerin tek gecelik fiyatına bizim Balat'taki evi kiraya verebilirmişim aslında diye bile düşündüm. Şimdilik görünen oydu ki kalacak bir yerim yok ve muhtemelen Konya'daki ilk gecemi dışarıda geçirecektim.

Gülsem mi ağlasam mı bilemedim. Elim kolum bağlıydı işte... Kalkıp nereye gidecektim ki şimdi? En iyisi çay ocağında biraz daha oturmak, sonrası Allah kerim...

Tüm samimiyetimle söylüyorum ki, kalacak yerim olmadığı halde telaşlı ya da gergin değildim. Nedensiz bir iyilik ve huzur hali vardı üzerimde geldiğimden beri... Belki normal şartlarda aynı şeyleri İstanbul'da yaşamış olsaydım ve geceyi bir başıma sokaklarda geçirmek zorunda kalsaydım muhtemelen çok gerilirdim, stres olurdum, endişelenirdim...

Başımın ağrısı da hafiflemeye başlamıştı. Vakit ilerliyor hava giderek kararıyordu.

Şimdi ben sensiz, dertli, hüzünlü bu kalbi alıp da nereye gideyim? Var mı böylelerini sahiplenen bir yer? Modası gırgır olan bu dünyada, var mı dertli bir genci dertleriyle birlikte kabul edecek birileri?

Yıllarca aradım sorularımın cevaplarını ama bulamadım. Meğer yanlış yerlerde aramışım. Her şeyin cevabı gözlerim kapandığında geliyormuş yüreğime.

"Allah, hüzünlü kalplerdedir..." dedi içimdeki ses ya da karşımdaki Şems.

İnsan kendiyle baş başa kaldığında düşünmeye başlıyor. Biliyorum, en beceremediğimiz şey bu. Düşünmek yorucu. Başkaları bizim için düşünüp çarelerimizi bulsun bize versin istiyoruz. Böylece tükenip gidiyor insani bütün yeteneklerimiz.

İnsanın içindeki dışarıdan göründüğünden daha büyüktür her zaman. İnsana insan gerek bu âlemde. Herkesin bir düşüneni olmalı şu dünyada. Bir seveni, hiç haberi yokken arkasından dualar edeni. Sesinin tonundan bile halinin nasıl olduğunu bir okuyabileni, anlayanı olmalı... Omzunu güvenle omza yaslayabileceği, yanında utanmadan ağlayabileceği, derdini söylerken çekinmeyeceği biri olmalı...

Elbette hayat her zaman yolunda gitmiyor. Rüzgâr bazen tersine de esiyor. Alabora oluyor uçurtmalar, takılıyor elektrik direklerine...

Bu mağlubiyette bile yaralarını saracak, uçurtmasını onaran biri olmalı herkesin... İnsanın iyi bir insanı olmalı hayatında. Bilmediğim bu şehirde bir tabureye oturmuş beni ısıtan tek şey elimdeki çayken neredeydi bu dünyadaki güzel insanlar? Mucizelere inanırdım ve bu kadar çaresizken birinin gelip elimden tutması ancak bir mucize ile mümkündü.

***

Elimi alnıma götürüp başımı biraz ovaladım. Ak sakallı amcanın önüne tavşankanı taze bir çay daha bıraktı çaycı. Amca şekerlikten bir çay kaşığı şeker aldı, tam çaya koyacakken biraz durdu, sonra tekrar şekerliğe daldırdı kaşığı. Kaşığındaki şeker yeterli gelmemişti sanırım, biraz daha doldurmak istemiş olmalıydı. Yeniden çayın üzerine getirmişti ki kaşığını bir daha şekerliğe götürdü. Kaşığa biraz daha fazla şeker koymak istediğini düşünmüştüm.

"Hayat böyledir oğlum..." dedi bana bakarak. "Elimde olanı çaya koysaydım yavaş yavaş birikirdi istediğim kadar şekerli çayı içerdim. Ama kaşığa hep biraz daha fazlasını koymaya çalıştığım için sürekli gidip geldim. Aylar yıllar geçti koca ömrümden sonunda bu yaşa geldim. İnsanoğlu böyledir, doyumsuzdur... Hep daha fazlasını ister.

Ne olacak ki yani az şekerli içiversem çayımı? Olmaz, illa fazlası olacak, olan her şeyi bitirene kadar tüketeceğiz, hepsi bizim olacak. Fazlasını isteyince elindekileri de kaybeder insan ekseriyetle."

Elimizdekilerin kıymetini bilmeyip gözümüzün bir yerlerde kalmasıyla geçiyor bu hayat dedikleri. Sahiden de öyle... Hep fazlasını istiyoruz. Hatta aynısının başka rengini bile gidip satın alabiliyoruz. Tüket ki sistem dönsün, patronlar daha da zengin olsun dünyası. Öyle dolanıp duruyoruz işte.

"Elindekilerin kıymetini bil delikanlı..." dedi amca. "Onların kıymetini bil ki Allah daha çoğunu versin. Verir ya da vermez o seni çok ilgilendirmesin. Sen şükret ve isteyeceksen sadece Allah için iste. Miden için yaşama bu dünyayı. Kıymet ver ki kıymetli ol sen de. Elindekilerin kıymetini anladığın gün, tebessüm için ömürlük bir sebebin olmuş olacak. Mutluluk şükretmesini bilenlerledir."

"Eyvallah..." dedim.

"Geçti mi başının ağrısı delikanlı?" dedi dostça bir yakınlıkla.

"İyiyim, iyiyim..." dedim. "Geçti ağrım..."

"Yabancı mısın?" diye sordu.

"Evet..." dedim. "Yeni geldim Konya'ya..."

"Ne için geldin buralara?"

"Ben de bilmiyorum aslında" dedim.

"Onu bulmaya geldin değil mi?"

Ona bakarken bu cümlesinden sonra gözlerinin içine kilitlenmiştim.

"Nasıl yani?"

"Herkes arar delikanlı..." dedi. "Herkes arar ve bulduğunda da aslında aradığının o olmadığını anlar. Allah'ı bulana kadar bulduğu her şeyde hayal kırıklığına uğrar."

Gözü uçurtmaya kaydıkça gülümsüyordu geldiğinden beri. Sonunda dayanamayıp sordu.

"Senin mi bu?" diye sordu. "Uçuruyor musun?"

"Benim..." dedim. "Yıllardır uçurmadım ama bugün o beni uçurdu Konya'ya..."

"Gezgin misin evlat, öğrenci mi?"

"İstanbul'da öğrenci, Konya'da gezgin..."

"Ne öğrencisiymişsin bakalım?"

"Mühendis olacağım sanırım, gemi inşaat mühendisi. Bazen de harçlık için bir şeyler karalıyorum, öyle işte."

İçten bir ah çekti ve güldü.

"Gemi mühendisi, denizi olmayan Konya'da demek."

Güldüm, aslında denizine kavuşmak için Konya'ya gelmiş bir kâğıttan tekneydim. Duygunu herkese anlatamıyorsun tabii doğal olarak. Aklına gelen cümleleri seçerek paylaşıyorsun.

Verdiğim cevaplara gülümsemesi hoşuma gidiyordu. Uzun boylu, iri yapılı, dik duruşlu bir ihtiyardı. Gözleri küçücük... Ak sakalları göğsüne kadar iniyor. Kumaş yeleğinin cebinden kehribar bir tespih sallanıyor. Diğerinde de köstekli bir saat... Tertemizdi üstü başı... Bembeyazdı yüzü. Siyah pantolonu, gök mavisi gömleği ütülü... Benim de içimden tebessüm etmek geliyordu o konuştuğunda. Bir film kahramanı kadar özgün ve dikkat çekici görünüyordu gülüşü ve insanın yüzünde ister istemez sıcak bir tebessüm doğuruyordu.

"Benim bir birader var. Sahaf Baba derler namına... Onun ufaklık çok sever uçurtmaları" dedi. "Evde odasında büyüklü küçüklü değişik modellerde uçurtmalar var. Kimini kendi yaptı, kimini babası... Hepsinin bir anısı var ama. Her uçurtmayı getirmez eve... Hikâyesi olanları toplar öyle... Dolaplara da kaldırmaz katiyen. Hepsi her an uçmaya hazırdır. Bir çiviyle duvara asılı durur. Gökyüzüne çevirmiş odasının bir duvarını."

"Ne hoş..." dedim. Küçük bir çocuğun uçurtma koleksiyonu yapması bir yana üstelik hikâyesi olanları toplaması, hepsinin her an uçmaya hazır halde beklemesi ne büyük bir incelik. Ne kadar zarif ve derinlikli bir düşünce...

"Bu devirde uçurtmalarla hikâye biriktiren bir yeğeniniz var... Gerçekten çok şanslısınız. Çocuklar artık bilgisayar oyunlarında puan biriktirmekten başka bir şey düşünmüyor. Çoğunun evinde fotoğraf albümü bile yok, her şey dijital... Küçük bir çocuğun uçurtmalara hikâyelerinden tutunması çok değerli bence..."

"Eyvallah delikanlı..." dedi amca... İşittiği sözlerden memnun olmuş gibi gururla kabardı göğsü...

"Seni de böyle uçurtmayla görünce dikkatimi çekti. Hayırdır dedim. Gençler arasında yeni moda mı ki bu?"

"Moda olduğunu sanmıyorum, bir gün olacağını da sanmıyorum" dedim ardına tebessümümü de ekleyerek.

Sohbeti öyle tatlıydı ki ak sakallı amcanın saatin nasıl geçtiğini bile fark etmemiştim. Üstelik hâlâ yatacak bir yerim bile yoktu. Geceyi nasıl geçireceğimle ilgili bir plan yapsam iyi olacaktı.

Ak sakallı amca da köstekli saatine bakıp "Ooo!" diye yükseldi. "Geç kalacağım dükkâna. Bizimkiler çoktan toplanmıştır bile... Hay Allah nasıl da daldık gittik muhabbete."

Ayaklanıp hızlıca hesabı ödedi. Benim içtiklerimi de ısmarlamak istedi. İtiraz etmeme fırsat bile vermedi. "Bir dahaki sefere senden olur..." dedi. "Eyvallah..." dedim ama bir dahakine ben nerede olacaktım bilmiyordum ki? "İnşallah..." diye ekledim sonuna...

"Sen nerede kalıyorsun?" diye sordu eşyalarıma bakarak. "Yakındaysa şunları bırakıver bizim dükkâna götüreyim seni bu akşam..."

O an üstümdeki yükün farkına varmıştım. İnsanın kalacak yerinin olmadığını söylemesi kadar ağır bir cümle var mıdır bilmiyorum.

"Şimdilik kalacak bir yerim yok. Oteller doluymuş... Büyük oteller boyumu aşar zaten..."

"Ee?" dedi ihtiyar omuzlarını silkerek. "Ya ne olacak?"

"Sanırım bu gece dışarıdayım... Yağmur yağmazsa sığınacak uygun bir yer bulurum diye düşünüyorum. Belki bir parka ya da gara giderim."

"Olur mu öyle şey? Sokak kedisi gibi parklarda... Olmaz öyle. Bakarız onun bir çaresine. Hadi kalk sohbete gidelim de önce... Sonrasını orada hallederiz..."

Yapacak başka bir şeyim olmadığından dediği gibi kalkıp yüklendim eşyalarımı sırtıma, düştüm ak sakallı amcanın peşine.

Ayağa kalktığımda düşmüştü jeton, sormak zorunda hissettim. "Bu arada dükkân dediniz, nedir bu saatte ne dükkânı bu?"

"Birlik Dükkânı" dedi.

"Birlik Dükkânı mı?"

***

Kapu Camii'nin tam karşısında kırmızı ahşap kapılı, bahçesinde yaşlı bir ıhlamur ağacı olan, iki katlı müstakil bir yapıya gelmiştik. Demirden kapının tutturulduğu beton sütunda zor okunur şekilde bir yazı vardı: "Birlik Dükkânı."

Karanlık olduğu için duvara yazılmış, büyük kısmı silinmeye yüz tutmuş yazıyı okuyamadan girdim içeri...

Geniş bir salonda on kişilik bir grup oturmuş sohbet ediyorlardı. Bizim ak sakallı amcayı görünce ara verip selamladılar. Beni de sıcak karşıladılar, oturmam için yer gösterdiler. Eşyalarımı holde bırakıp gösterdikleri yere oturdum. Amca da yanımda...

Az önce konuşan genç adam, yarım bıraktığı yerden devam etti anlatmaya. Kulak kesildim dinlemeye başladım sohbeti...

"Düşün ki bir odadasın.

Odada ahşap bir masa var... Ceviz ağacından... Koyu renkli, vernikli ahşap bir masa... Üzerinde bir bardak su duruyor. Bardak işlemeli, süslü, renkli... İçinde de su.

Odada tek başınasın. Masanın üzerinde su... O suyun senin için şifa olduğunu bilsen içer misin? Tereddüt eder misin su temiz mi diye?

İçince kurtulacağını bilsen peki içer misin?

İçersin tabii değil mi?

Oysa bütün ömrümüz, şifamızın kabına bakmakla geçiyor. İçsek kurtulacağız. Bardağın işlemelerine bakıp büyülenmekle geçiyor hayatımız. Ya da suyla ilgili endişelenip duruyoruz.

İçmemiz gerekir o suyu. Senin için indirilen Kuran masanın üzerinde durarak değil, okuyup hayatımıza katarsak bize şifa olacak. Uzaktan bakmak, kabının rengiyle oyalanmak bizi kurtarmayacak. İçmemiz lazım o suyu. Dünyanın size 'Şu baktığın şeyin içinde su var, içersen kurtulursun' diyeceğini sanmayın. Buraların düzeni uyandırmak değil uyutmak üzere kuruludur.

Ömrümüz bir bardağa bakarak geçiyor. Bakma değil, içme vakti geldi artık. Kana kana içip bizi yalanlara bağlayan zincirleri kırma vakti geldi... Aşka karışma vakti geldi. O kitaptan korkup raflarda örümceklenmeye terk etmek olmaz. Satır satır, kelime kelime okuyup hayatımıza katmanın vakti geldi.

Üzerimizdeki ölü toprağını atıp Allah'a yol almanın vakti geldi dostlar. Yola çıkalım... Yalnız hissetmeden, omuz omuza verip şifamızın altında sırılsıklam olmaya gidelim. Yağmuru da çamuru da helal olan o yola çıkalım. O gül kokulu yolların tozu toprağı olma vakti geldi. Masadaki o suyu, kana kana içmenin vakti geldi..."

***

Birkaç kişilik gruplar halinde farklı sohbetlerin yapıldığı bu mecliste konuşulanları toplasak evrenin sırrı çözülürmüş gibi hissettim.

Dervişlerden biri devam etti konuşmaya. "İki balıktan biri, diğerine sormuş..." dedi. "Deniz diye bir şey diyorlar nerede? Bunun üzerine iki balık uzun süre tartışmışlar. İddialaşmışlar birbirleriyle... Ama bir sonuca varamamışlar. Bunun üzerine bilge balığa gitmişler ve sormuşlar: Deniz diye bir yer varmış, işte o nerededir acaba? Bilge balık cevap vermiş: Denizden başka bir şey yoktur ki zaten..."

Fesleğen ile yaptığımız muhabbetlerin aynısını koca adamların bir araya gelip yapması beni çok mutlu etmişti. Fesleğen de burada olsaydı keşke diye düşündüm. Bizden sonra birkaç kişi daha katıldı sohbete.

Halka halka oluşturulan sohbet meclislerinde, birbirinden bağımsız konular üzerinde konuşuluyordu. Sohbet halkalarında konuşmak isteyen konuyu açıyor, diğerleri de öğrenci kesilip onu dikkatle dinliyordu. Beni buraya getiren amca sohbet kelimesini kullanınca biraz çekinmiştim sanırım ama burası insan ruhunun gıdası gibiydi adeta. Yeşile susamış kuru çöllerin suya kavuşmasıydı...

Ak sakallı amcanın yanında oturan ihtiyarın sözlerini işitiyordum oturduğum yerden.

"İlim bir eczane gibidir" diyordu. "Bu eczanenin içinde herkese her derde devalar vardır. Diyelim öksürüyorsun ve öksürük ilacına ihtiyacın var. Kendi başına eczaneye girip üzerinde öksürük yazanı alabilirsin ama hastalığın bu kadar kolay tespit edilebilecek bir şey değilse o kadar ilacın içinde sana lazım olan ilacı bulman mümkün değildir. Bu durumda yapman gereken şey eczacıya derdini anlatıp sana vereceği ilacı doğru miktar ve vakitlerde kullanmaktır. İşte mürşit budur. İnsana doğru ilacı doğru vakitte veren kişidir."

Pek isimle hitap etmiyorlardı, derviş, eren, baba, dede, sahaf, cennet gibi kelimeler kullanıyorlardı.

Dervişlerden biri "Bir insanın içinde eğrilik varsa o dışa vurur..." dedi. "Ona soru sorulduğunda bir şekilde içindeki eğrilikten cevap verir. Mesela bir kekeme ne kadar doğru konuşmaya çalışırsa çalışsın iyi bir tedavi görmedikten sonra kekeleyerek konuşmaya devam eder. Ya da bir evi yaparken tuğlaları eğri dizerseniz en ufak sallantıda ev de eğrilir, hatta yıkılır. Yani malzeme neyse sonuç da ona meyleder. Son, başa benzer. Her soruya bir cevap düşer. Tohumu ekmek sorudur, cevabı verecek olan topraktır.

O tohumun filizlenmesi de filizlenmemesi de bir cevaptır. Şu âlem bir dağa benzer, ona nasıl seslenirsen öylesini işitirsin. Dağa iyi diye bağırıp kötü diye işiten olmamıştır. Bir bülbül dağda öttüğü zaman oradan eşek ya da karga sesi gelmesi mümkün olmaz. Eğer eşek sesi geliyorsa, o dağda bir eşek olduğu kesindir. Bir insanın her hareketi sorudur, karşılığında aldığı sevinç, üzüntü, keder de cevaptır. Güzel bir cevap alınca Allah'a şükretmeli, kötü bir cevap alınca da tövbe edip doğru soru sormaya çabalamalıdır."

Bu kez biri diğerine "Affedilip affedilmediğimizi nasıl anlarız erenler?" diye sordu.

"Çocuk ne suç işlerse işlesin, bir kere ağlarsa annesi affeder. İnsan da ne suç işlerse işlesin, bir kez samimi bir tövbe etse Allah affeder..." diye devam etti öteki derviş. "Tövbenin kabul olup olmadığını, hayatının değişmesinden anlarsın. Tövbekâr olan adamın hayatı değişir. Artık suç işlediği konularda başkalaşır, kendini yeniler ve eski hatalarına bir daha yaklaşmaz. Bilmek, yapmak için; âşık olmak, dönüşmek içindir. Allah'a olan meylinin kabul olup olmadığını, dönüşüp dönüşmemenden anlarsın.

Tövbe ettiğin şeyden soğuyorsan, onunla arana bir perde iniyorsa tövben kabul olmuştur. O tövbe artık sende vücut bulmuştur. Soğumak ruhtan ve kalpten gelir. Bunu hissedersin. Dilde ettiğin tövbeden sonra o işe soğursan bu da ruhun tövbesi anlamına gelir. Ve yolun hayırlı, mübarek olsun, tövben kabul olmuştur."

Derken birkaç da genç katıldı sohbet halkasına... Onlar da benim gibi sessiz kalıp dinleyenlerden olmayı tercih ettiler. Konuşmanın arkasından baba dedikleri bir adam, güzel bir dua okudu:

"Ey oğul... Besmelesiz yemek yeme. Sırrın var ise sakın kimseye söyleme. İyi adını kötüye çıkaracak davranışlarda bulunma. Kötüyle arkadaş olma, pişman olursun. Daima ileri hedefin olsun, geriye takılıp kalma.

Harama tevessül etme. Kimsenin payına, hakkına göz dikme. Bir şey koymadığın yere el uzatma. İki kişi konuşurken dinleme. Ekmek ve tuz hakkını gözet. Namahreme bakıp ihanet etme. Davetsiz bir yere gitme. Gidersen emin olduğun yere, namuslu kimseye git.

Sır sakla. Her mecliste duyduğun sözleri aklında tut. Evden eve söz taşıma. Kötülemekten, fenalıktan uzak ol. Ahlaklı ol. Herkesle iyi geçin. İnatçı ve kötü sözlü olma. Senden büyüklerin önünden gitme. İhtiyarlara hürmet et. Daima temiz ol. Haram ve yasak edilen şeylere yaklaşma. Beş vakit namaza devam edip iyi hal ile tanınarak, ilim ve faziletle meşgul ol. Her zaman geniş kalpli ve hoş meşrep ol.

Sakın boş durma, eylemsizlik Allah'ın en büyük yasaklarındandır. Beraber olduğun, tanıştığın kişilerden asla bir şey isteme. Buna riayet etmezsen seni küçük görürler, itibarını kaybedersin. Rıza lokmasıyla yetin. Elindeki imkânları israf etme. Kanaatkâr ol. Çünkü kanaat tükenmez bir hazinedir."

***

Buradaki herkesin hayatı tıka basa huzurla doluydu. Büyükşehirlerdeki insanlar sosyal medyada "Kim beni takip etmiş acaba?" diyerek telefon ekranına bağlı yaşarken buradakiler dünyayı takip etmekten kurtulmaya çalışıyorlardı.

Tam üç buçuk saat olmuştu Birlik Dükkânı'na geleli. Öyle çok şey öğrenmiştim ki, bitsin istemiyordum. Hem gidecek yerim de yoktu zaten...

Sonunda muhabbetin sırlanma vaktinin geldiğini söylediler. Fesleğen'in dediği gibi muhabbet bitmemişti onların gözünde, sırlanmıştı sadece. Dünya işlerine geri dönmenin zamanı gelmişti anlaşılan.

Sohbet sırasında bir teyze geniş kaplarda meyve getirip bırakmıştı kapının eşiğine. Sohbet dağılırken bir iki dilim meyve de ikram edildi.

Dışarı çıktığımda yağmur çiselemeye başlamıştı, karanlık iyice çökmüştü. Avludaki ıhlamur ağacının kokusu ağırlaşmış, yağmurla birlikte güçlü şekilde yayılmaya başlamıştı. Küçük bir tabure bulup oturdum saçağın altına. Çok geçmeden bizim ak sakallı amca çıkıp geldi yanıma.

"Nasıl buldun evlat?" dedi. "Sohbet iyi geldi mi sana?"

"Hiçbir şeyin gelmediği kadar iyi geldi" dedim.

Gülümsedi tatlı ihtiyar. "Şems de böyle dümdüz konuşur, aklına geleni olduğu gibi açık açık söylermiş. O da kendine huzurlu bir köşe aramadı hiç hayatı boyunca. Hiç mutluluğun ve huzurun peşinde olmadı. Hep arayıp, hep arayış... İstanbul'da güzel yetiştirmişsin kendini... Şimdi sana başını sokacak bir dam lazım değil mi?"

"Beni düşünmeniz bile kıymetli bey amca dedim. "Zora sokmayın kendinizi... Gara yürürüm ben, yatarım bir bankın üzerinde, hava da sıcak zaten."

"Birincisi bana bey amca deme hiç sevmem böyle hitapları. Bana buralarda Cennet Dede derler. Sen de öyle dersen bozuşmayız. İkincisi bakma sen buraların havasına dizlerim ağrıyor yağmur gelebilir gece, açıkta kalamazsın. Üçüncüsü dükkânla konuştum. Bu gece burada bir odada geceyi geçirebilirsin. Yarın benimle yine aynı çaycıda buluş sabah dokuz on gibi... Aklımda bir iş var senin için..."

Cennet Dede gittikten sonra sohbete meyve servisi yapan teyze yanıma gelip onu izlememi istedi. Üst katta küçük bir oda gösterdi. Temiz bir yatak, su ve meyve...

Otelde bile kalsaydım böylesi bir konfor bulamazdım muhtemelen. Çantamdan eşofmanı çıkarıp temiz giyindim. Elimi yüzümü yıkayıp, dişlerimi fırçaladım. Cennet Dede gideli belki bir saat olmuştu. Yağmur da hızını artırmıştı sahiden.

İnsanın evi gibi yoktur derler ama sokakta geceleyecek biri için bulduğu her sıcak köşe zaten eve dönüşür. Sanırım bir otele gitsem bu kadar keyifli bir akşam geçiremezdim. Ne korku vardı içimde ne huzursuzluk. Yabancılık da çekmiyordum üstelik. Gerçekten de insana iyi gelen şey yine bir insandı. Ve buradaki insanları sevdiğim için kendimi iyi hissediyordum.

Şehirde böyle değil işler. Dergideki Serdar bir yazımı okuduğunda neden insanları sevmediğimi sormuştu bana. "Aslında sevmiyor değilim..." demiştim. "Sevemiyorum demem gerekir. Yani elimden geleni yapıyorum ama olmuyor..."

Çok kez denedim gerçekten de tüm önyargılarımı bırakıp saf, duru bir şekilde insanları sevmeyi. İlk vakitler biraz yolunda gibiydi her şey, ancak insanların duyguları öyle hızlı değişiyordu ki ayar tutturamadım...

"Peki ben sana sorayım, asıl siz bu kadar hızlı değişebilen insanları nasıl oluyor da sevebiliyorsunuz?" demiştim Serdar'a.

Belki onlar da kimseyi sevmiyordur, sevdikleri şey yalnızca işlerine gelenlerdir. Çıkarlarına oldukları vakitler kanka diyorlardır birilerine belki de...

Tek bir kelimeden binlerce anlam çıkarman gerekebiliyor ve bazen de yüzlerce kelimeyi görmezden gelmen gerekiyor. Yoruyor işte bu. İlaçların yan etkileri olduğunu biliyordum ama şimdilerde güvendiğin insanların da yan etkileri olduğunu anladım. Yapay olunca bir şey yan etkileri oluyor. Bakın meyvelerin yan etkileri yoktur mesela, doğaldırlar. Ama ne zaman doğal olmayan bir insanla karşılaşırsanız bilin ki bir yan etkisi vardır. Fazla kullanımda daha da belirgin oluyor bu etkiler ve mutlaka bir ders veriyor insana.

"Dost" ve "düşman" kelimeleri bu kadar zıtken dün dost olan ertesi gün düşman olabiliyor. İyi gününde arkadaş sayın artarken, düştüğünde bir tekme de dost dediklerinden yiyorsun. Kulağına bir şeyler geliyor, gidip araştırıyorsun, herkes öylesine masum öylesine iyi niyetli ki sonunda sanki o dedikoduyu sen kendi kendine çıkarmışsın gibi hissediyorsun.

Birisi sana yakınlık gösteriyor, acaba ne çıkarı var diye şüphelenmeye başlıyorsun. Arkasından belki bir gün işimiz düşer diye atıldığı soğukluğundan belli kandil ya da bayram mesajlarıyla doluyor telefonum. İşte insanları sevme çabam bütün bu deneyimlerle sınanıyor sürekli...

Yani ben insanları sevmek için elimden geleni yaparken onlar sürekli değişiyor. Seveceğim sanırım dediğim kişiyi ertesi gün tanıyamıyorum.

Ama kitaplar ve kâğıtlar öyle değil. Ağlayan duygularımdan damlayan gözyaşlarıyla dolduruyorum kalemimin mürekkebini. Ve hep aynı duyguyla temiz birer arkadaş olarak kalıyoruz birbirimize. İstediğim gibi tertemiz insanları yazıyorum yanıma. Sevdiriyorum kendimi onlara. Ömürlük dostlarım onlar benim. Trip atmak, arkadan konuşmak, kıskanmak, çekememezlik yok. Öyle güzel sevme tarifleri yazıyorum ki kâğıtlara, bazen keşke yazdığım kâğıtlarda doğsaydım dediğim bile oluyor. Hem kim iyi insanlarla dolu bir kitapta yaşamak istemez ki?

***

Burada olmamı anlamlı kılan şeye dalıp gidiyor bakışlarım gecenin ay ışığıyla aydınlanan karanlığında. Uçurtmama bakıyorum... Gülkurusu küçük uçurtmam... Sapsarı çilli afacan kızım...

İyi ki alıp getirmiştim yanımda. Bana rüzgâra karşı yükseleceğimi hatırlatıyordu anbean. Paniklemedim, kaygılanmadım, korkuya kapılmadım, geri dönmeye kalkmadım. Zorluklar karşımda rüzgâr gibi belirdiğinde yükselebileceğime inandım uçurtmam sayesinde.

Yatağın yanındaki komodinin üzerindeki küçük başucu lambasını yakıp kâğıdımı kalemimi aldım elime.

Geceye bir mektup bırakacaktım şimdi hem de gece için yazılmış...

***

00.45, Bir gece değişecek hayatımız

Kim demiş geceler sessizliktir diye? Kim demiş geceler korku, geceler yalnızlık diye? Gecenin soğuğunu yalnızlıkla solumaktan korkanlar mı demiş yoksa? Yağmurda ıslanmaktan korkanlar mı söylemiş bunu?

Rüzgârların, sevdiğimiz insanların kokusunu taşıdığına inanmayanlar demiştir belki. Oysa bilmiyorlar ki bir gece değişecek hepimizin hayatı. Herkesin tam uyuduğu vakit gözlerimizi açacağız, yıldızlar yukarıda tutunamayacaklar heyecandan.

Çocukluğumda öğretti annem bana yıldızları izlemeyi. Öyle bir vakit gelecek ki bu kez yıldızlar öğrenecekler sana bakmayı. Ne kadar inanmasan da yalnız olmadığını anlayacaksın o gece.

Köpek havlamalarının eksik olmadığı sokağına, yalınayak çıkacaksın ve alışılmadık bir devrimle tanışacak sokak lambaları. Işıklarını kısacaklar. Her şeyden haberdar şekilde kısa ve hızlı adımlarla yürüyeceksin. Başın biraz öne eğik olacak, yıllardır seni özgürce toprağa bile bastırmayan insanlara inat, çıplak ayaklarının toprağa kavuşmasını izleyeceksin. İçinde bir hüzün olacak, az önce yıllardır içine hapsolduğun dünyadan kurtulduğun için.

Bazen olur öyle korkma. "Seviyor muyum yoksa sadece bir alışkanlık mı?" diye düşünür insan. Alışmış olduğun dünya-

dan kurtulmanın verdiği kararlılıkla arkana bile bakmadan yürüyeceksin.

O gece, herkesin uyuduğu vakitlerde tüylerini diken diken edecek bir damla gözyaşı secdeye düştüğü vakit, kurtulduğun gece olacak. Doğumun, işte o gece gerçekleşecek ve bir daha hiç eskisi gibi olmayacak hayatın.

Hangi yıldızı tutmak lazım gökyüzünde geceye kılavuz olsun diye? Ömrüm boyunca nefesimi tutup ona bakmaya talibim. Heves etmeye değil, hayatımı o yola adamaya talibim.

***

Saatler gece ikiyi devirmişti ve yelkovan ilerledikçe uyku bastırıyordu iyice. Neredeyse iki gündür doğru dürüst uyumamıştım. Başım yastığa düşerken aklıma Haydarpaşa'daki simitçi geldi.

Beni Şems'e yönlendirmesi Konya'daki yolculuğumu ne kadar da kolaylaştırmış, hatta buradaki ilk gecemi korunaklı bir çatının altında geçirmeme fırsat yaratmıştı. Sahiden Şems'in misafiri olduğumu hissediyordum bu şehirde. Derin bir şükür duygusuyla uzanıyorum yatağıma. Yarın ne olacağını bilmiyorum ama her şeye rağmen emin ellerdeymişim gibi geliyor. Gönlüm rahat, içim ferah. Teşekkür etmek istiyorum yazgıma, bu yazgıyı yazan o kutsal ele...

Allah'a teşekkür edilir mi peki? Elbette edilir. Şükürdür ona edilen teşekkür...

Kaybolan kalemini bulan kişiye teşekkür edersin. Yürürken birisi ayakkabının bağının çözülmüş olduğunu söylese teşekkür edersin. Sakatlanan futbolcuya sağlık ekiplerinin müdahale etmesi için rakip topu dışarı atar teşekkür edersin. Lisede, çalışmadığın sınavlarda sıra arkadaşın kopya verir, nasıl teşekkür edeceğini şaşırırsın.

İstanbul'a taşındığımızın ikinci günün sabahında, babam işe giderken bir çocuğa araba çarptığına şahit olmuş. Çarpan araba kaçmış, babam da çocuğu kaptığı gibi hastaneye götürmüş. Birkaç saat sonra ailesi gelince ayrılmış hastaneden. Babamı tanımadıkları için ulaşamamışlar bir daha... Sonra hastaneden telefon numarası alıp aramışlar.

Babam hiçbir şekilde karşılık istememiş aileden. Ama o akşam çok şık takım elbiseler gelmişti evimize. Aile babama teşekkür etmek için ne yapacaklarını şaşırmıştı. Birine teşekkür etmekle iyiliğin bedelini ödemeye çalışmak aynı şey olamazdı. Babam ertesi gün geri yollamıştı hepsini...

Orta üçe gittiğim yıllarda, mahallemizde bir Playstation kafe açılmıştı. O sene dört tane sınıf arkadaşım devamsızlıktan sınıfta kaldı. Bir futbol oyunu varmış, PES diyorlar adına. İşte bu çocuklar tam bir yıllarını verdiler o oyuna. Oyunun tasarımcısını da tanımazlar, yapımcı şirketini de. Karşılığı olmayan bir işe koskoca bir yıllarını adamışlardı ama... Karşılığında kayıptan başka bir şey yoktu ellerinde. Teşekkürü bile olmayan saçma bir adanmışlık...

Allah'a değil bir yıl, sadece birkaç dakika için bile olsa kendini tamamen adayabilen var mı acaba günümüzde? Ona sahiden teşekkür eden. Onu tefekkür eden. Hiçbir şey yapmadan sadece onu düşünen, ona şükreden...

Ona düşünme fırsatı verene, karnı tok sırtı pek yatırana, başını yastığa huzurla koymasına imkân verene teşekkür ediyor muyuz hiç?

Oysa ona teşekkür etmek, onu düşünmek, adil olmaktır. Herkese zamanını, paranı, enerjini umarsızca harcarken onun teşekküründen çalmak adalet sayılır mı hiç? Adil olmayan insan, dünya hayatında adaletten yana dertli olmaz mı peki?

Bence bu konuda bir daha düşünmek lazım. Şikâyetçi olduğumuz şeylere yakından bakalım. İstediğimiz şeyleri bir kez daha gözden geçirelim. Kendimize karşı ne kadar dürüstüz. Adil olamazken adalet beklemeye hakkımız yok... Bonkör olamazken bereket beklemeye hakkımız yok. Kimseye hayrımız dokunmazken, her şeyin hayırlısını istemeye hakkımız yok...

***

Konya'daki ilk günüm Fesleğen'den uzak da olsa güzel karşılaşmalarla doluydu. Gözlerim kapanmaya hazırken bir şeyler karalamıştım kâğıda, ancak sabah kalktığımda ne yazdığımı hatırlayabildim...

***

02.55, Seninle yürümek...

Şimdilerde, "Ne hale getirdiler bizi böyle?" diye soruyoruz. Aşktan anlamayan adamların çevirdiği aşk dizilerini izleyen çocukların, büyüdüklerinde aşktan ne anlamasını bekliyorduk ki? Bir denizin kurumasından bile daha büyük bir mesele değil miydi sana güvenen birine ihanet etmek? Sana sol yanım diyen, yarım diyen birinin gönlünü kırmak, az da olsa incitmek hangi kitabın kurallarına uygun?

Eskiden aşk için "Koca sarp bir dağa birbirinin elinden tutarak çıkmak" denirken, düz yolda yan yana adım atmayı beceremeyen sözde âşıklar dolu etraf. Nasıl yaşayacağımızı kitaptan değil de film senaryolarından öğrenen bir nesiliz biz.

İsmin geçse bir cümlede, yazarken yanmasam, okurken yanardım.

Sevmek insanın ateşidir. Sevdin mi ateşin yükselir, içten içe yanmaya başlarsın. Bu ateşin dermanı ise ancak Allah'tır. Sevgiliye kavuşunca sakinleşmemiz üzerimize atılan su gibidir. Bir süre sakinleştirir bizi ve ateş yeniden harlanmaya başlayınca yeni bir su ararız sakinleşmek için. Bu koşuşturma içinde Allah'ı bulanlar sonsuz bir huzurun kapısından içeri girerler. Bu insanların içlerindeki ateş daha da büyür ama yakmaz artık, Allah'a yürütür.

İşte seni arayışım, bu derde yürürken yanımda seni isteyişimdir Fesleğen. Mesele sana yürümek değil, seninle yürümek. Geldiğinden bile emin değilim sanki ama arıyorum belki yaşadığın şehir çağırır beni.

Dermanım hangi şehirde bilmem. Konya'ya çekti bu yürek. Çağıran sen miydin Şems mi? Her zamanki gibi, evimde geçirdiğim yıllar gibi kimsesiz, sessiz bir başıma çıktım yollara. Üzerimdeki bu manayı nereye kadar taşıyabileceğim bilmiyorum. Beni en iyi sen tanırdın. Yazdıklarıma bakarsan ne haldeyim anlarsın.

Şimdi hiç bilmediğim bir pencerenin camlarına yağmur taneleri vuruyor. Başımı kaldırsam sen olsan yanımda. Desen ki: "Sen yola çıktın ya, ben senin çıktığın yolum." Yutkundum defalarca başımı kaldırdığımda, anladım ki bazı düğümler yutkunsan da geçmiyor.

Eylül bakışlım...

Senden başkasına baksam, kefen giyer gözlerim...

Sen demiştin "Kavuşamayan, uzaktan güzel sevmeye devam eden aşklar inanca dönüşürmüş..." diye. Uzaktan sevmek daha zordur ama daha esastır. Buna inandık sevdiğim. Sokaklar, dokunmaların sayısını sayamazken gözlerini kapatıp sessizce sevmek, başka bir şeymiş.

Sonu sana çıkacak bir bekleyiş yazıyorum kâğıtlara. İnsanlara bana anlattıklarını anlatıyorum. Sevmeleri bıraksınlar diye değil, kötülüğü bırakıp güzel sevsinler diye.

Yazdığım her şeyin sebebi sensin Fesleğen. O halde yazan sensin, kalem de ben. Çok içten dua ettiğim bir gecenin ertesinde çık gel. Yarım kalan sayfaları birlikte yazalım...

3. Bölüm

Sahaf, Gökyüzü, Yeni Oda

Bazen öyle seversin ki
yaratılmış diğer kelimeler gereksizmiş gibi gelir,
sadece "Seviyorum..." diyesin gelir...

Ertesi gün.

Sabah uyanır uyanmaz kaldığım odayı toparlayıp eşyalarımı yüklenerek sessiz sedasız çıktım misafir kaldığım evden. Gece meyve servisi yapan teyze, yağmurda avluya dökülen yaprakları temizliyordu iki büklüm. Beni görünce nahif bir misafirperverlikle selamladı. Evin hizmetlisi gibi dolanıyordu dün geceden beri ortalıkta ama bilgisi de, sözleri de âlimlerden aşağı kalır değildi. Yüzündeki çizgilerde kim olduğunun izini sürdüm aklımca ama çıkaramadım. Saf, masum bir ifadesi vardı. Gözlerinin yeşili delici ama derindi...

"Kahvaltı etmedin oğlum" dedi. "Çayı yeni demledim. Karnını doyur da öyle çık..."

"Cennet Dede bekler" dedim. "Misafirperverliğiniz için çok teşekkür ederim teyzeciğim... Yetişmem gerek... Yoksa seve seve kalırdım sizinle kahvaltıya..."

“Bekliyorsa bir şey diyemem o vakit. Onun sözü sözdür. Sözleştiyse seninle muhakkak gelir.”

“Herkes çok seviyor galiba Cennet Dede’yi?”

“Sevmez olur mu hiç? Gönlü aklı zengindir. Ama haline bak, çocukla çocuktur, âlimle âlim... Küsleri barıştırır, yolda kalana yol olur, çaresize çare arar...”

“Hem Cennet Dede’yi, hem sizi, buradaki herkesi çok sevdim. Hakkınızı helal edin, misafir oldu bu yabancı evinize çok sağ olun...” dedim. Kendi halinde, mütevazı bir köy kadını gibi görünmüştü gözüme. Okuma yazma bildiğinden bile emin değildim. Sonradan öğrenecektim öğretmen olduğunu. Aklımın içinden geçirdiklerimi sezmiş gibi gülümsedi. “İnsan küçüldükçe büyür evlat...” dedi. “Büyüdükçe de küçülür... Kimsenin çuluna bakıp aldanma... Hadi şimdi acele et bekletme Cennet Dede’yi.” Son selamlaşmamızı yaptık ve yola koyuldum.

Geldiğimden beri görünmez bir gücün güvenli kanatları altındayım sanki... Hayatımda ilk kez birkaç dakika sonra bile ne olacağı hakkında bir fikrim yok. Hiçbir şey planlamıyorum. Kimseye söz vermiyorum. Yarın görüşürüz diyemiyorum. Çünkü yarının kaderini bile akışa teslim ettim. İşte o andan itibaren bütün rastlantılar birbirini kovalamaya başladı.

Allah şu yerdeki kurumuş yaprakların kaderini bile rastlantıya bırakmıyor... Olan hiçbir şey rastlantı değildir... Olmayan şeyler de rastlantı değildir. O yüzden savrulan bir yaprağın ağzıyla konuşmaktan vazgeçmemiz lazım sanırım.

***

Koşar adımlarla çıktım avludan. Dün Cennet Dede'yle tanıştığımız çaycıda aldım soluğu... Üzerimde yüklerle oradan oraya koşturmak hiç de kolay değildi. Kan ter içinde kalmıştım. Yuvasını sırtında taşıyan kaplumbağalardan farksızdım.

Mükellef bir kahvaltı masasının başındaydı Cennet Dede... Poğaçaları küçük küçük doğrayıp tabaklamış. Yanına ufak boylarda kesilmiş açmalar ve simitler dizilmiş özenle... Diğer tabakta beyazpeynir, süzme peynir ve biraz kaşar. Yanında siyah zeytinler ve küçük porselen bir kapta gül reçeli... Masada iki demli çay görünce karnım guruldadı. Meğer ne çok acıkmışım.

"Hayırlı sabahlar Cennet Dede..." dedim nefes nefese... Yüklerimi olduğu gibi bıraktım yere. Düştüm düşecektim neredeyse. Ter boşanıyordu üzerimden.

"Hayırlı sabahlar evlat..." dedi Cennet Dede, yine tepeden tırnağa beni dikkatle süzerek. "Ne bu hal böyle? Dünyayı mı taşıdın sırtında?"

"Onun gibi bir şey Cennet Dede..." dedim. Karşısındaki sandalyeye çöküverdim hemen. "Acele ettim sizi bekletmeyeyim diye. Hava da pek ağır bugün... Yüküm de öyle... Geçer şimdi..."

Sofrayı içim eriyerek izlediğimi fark etmiş olacak ki "Tek başıma yemeyeceğim merak etme..." dedi. "İkimiz için hazırladım sofrayı... Çayını bile önden söyledim bak. Başla hadi, bayılacaksın açlıktan."

Bayram çocuğu coşkusuyla sıvadım kollarımı. Dedemin bahçeye hazırladığı kahvaltılar geldi aklıma. Her lokmamda ya bir meyvenin ya bir çiçeğin reçeli kokardı mis gibi... Eline yaprak versen, yaprağın ya şekerini yapar ya reçelini kaynatırdı... Onun ellerinde taş olsa lezzet kazanır, vitamin verir, ilaca dönüşürdü adeta.

"Güzel haberlerim var sana..." dedi Cennet Dede... "İşini hallettim..."

"Ne işiymiş o Cennet Dede?"

"Konya'da her ne kadar kalacaksan, kimi arayıp duracaksan hiç değilse akşamları başını sokacağın bir yerin olsun. Karnını doyurmaya yetecek kadar da yevmiye..."

Ağzımda lokmam büyümüş, çiğneyemez hale gelmiştim. Donup kaldım. Sahiden de benim için endişelenmiş, vakit ayırmış, birileriyle görüşüp bana kefil olmuş, bana iyi kötü bir düzen kurmak için mi uğraşmıştı yani?

İnanamıyordum... Dünyada sahiden iyiliğiyle insanın aklını zorlayanlar vardı demek hâlâ... Belki de son nesil oturuyordu şu an karşımda ve ben ona rast gelecek kadar şanslıydım.

Rast gelmek değildi bu elbette. Teyzenin de dediği gibi savrulan bir yaprağın ağzıyla konuşuyordum hâlâ... Bu düpedüz bir buluşmaydı... Bir araya gelmiştik, bir araya getirilmiştik sanki.

"Benim küçük biraderin bir sahafı var çarşıda... İki katlı ama küçük bir dükkân. Çok eski, köklü bir sahaftır benim birader. Dün birlik dükkânında gördün zaten Sahaf Baba derler... Kitapçılığın duayenidir... Tanıyan iyi tanır.

Başka şehirlerden bile müşterisi gelir. İki öğrenci çalışırdı yanında. İkisi de memleketlerine döndüler bu yıl okul bitince. Kızıyla birlikte duruyordu başında ama kız da öğrenci. Senden söz ettim dün gece, beni kırmaz zaten. Şimdi sahafa gideceğiz seninle... Geceleri de çatı katındaki odada kalırsın. Öğrencilerden biri de orada kalırdı bazen. Yatak var, çalışma masası var, ışığı var... Banyo için de hamama gidersin artık... Nasılsa para kazanacaksın..."

Gülümsedim... Başımı salladım inanamıyor gibi... Banyo ihtiyacıma kadar düşünüp hesaplamış her şeyi... Babam bile hakkımda bu kadar incelikli düşünmemiştir oysa. Değil gönlümü yapmak, hastalığını başıma kakacak kadar öfke duyabilmişti bana... Geri kalan hayatıma bu suçluluk duygusuyla nasıl devam edebileceğim umurunda bile olmamıştı. Kendi derdine gömülüp bencillik etmiş, annemi de beni de içinden çıkılmaz bir çaresizliğe terk etmişti.

Şimdi Cennet Dede'ye bakıyorum da, oğlu olsam en fazla bu kadar düşünebilirdi beni... Kan bağının insan sevmek konusunda çok da etkili olmayabileceğini düşündürüyordu bana.

"Rahatsızlık vermeyeyim Cennet Dede, beni tanımıyorsunuz daha. Ne yapacağım ne kadar kalacağım belli bile değil."

"Ah, ah!" dedi Cennet Dede, çayından kocaman bir yudum alıp baktı yüzüme. "Genç aklıyla bana ikazda bulunuyor bir de... Sana kefil olduğum için beni onlara mahcup edebilirsin ama bunların hepsi senin sorunun olur bizim değil... Vicdanıyla hesaplaşacak olan sensin. Bizim vicdanımız temiz... İhtiyacı olana el uzatılır bizim burada, sonrası hesap edilmez. Kıymet bilmedinse hayat bunun bedelini sana ödetir ancak. Biz kaldığımız yerden devam ederiz yolumuza..."

Haklıydı... Kim ne yaparsa kendine yapardı ne de olsa. İyilik de kötülük de yapanın sorumluluğuydu. İkisinde de bedelini kendi öderdi...

***

Kahvaltımızı ettikten sonra kalkıp Cennet Dede'nin sözünü ettiği sahafa gittik birlikte. Yolda giderken dikkat et Konya'da yollar biraz tehlikelidir demişti, yaya geçidinde insan kalabalığının içinden süratle geçmeye çalışan bir iki araç görünce dayanamadım "Arabalar insanlara çarpmaktan korkmuyor sanki" dedim.

"Araba çarpmaz delikanlı çarpan şofördür. Allah korusun birine araba çarptı mahkeme kime ceza veriyor, arabaya mı şoföre mi?"

"Şoföre tabii..."

"Öyleyse çarpan şoförmüş" dedi gülerek. Ben de tebessüm etmiştim ve sonra yürüyüşüm ağırlaşmaya başladı, kafama düşünceler yüklenmişti. Bu işi yapan ve ona kumanda eden mantığını öyle benimsedim ki kafamın içinde istemsizce örnekler üretip duruyordum.

Sonra içine girmeye başladıkça öğrendim ki insanı hamlıktan çıkarıp oldurmaya çalışırmış tasavvuf. Beden attır ama üzerindeki adam ruhtur. Dünyada giden bedendir ama yönlendiren, seçen, karar veren ruhtur.

Bir olay olduğunda sorumlu olan kişi kumanda edendir. Hatadan dolayı meydana gelen bir iş kazasında makineye ceza verilmez, onu kullanana ceza verilir.

Mesela anneni, eşini, çocuğunu öpüyorsun. Hepsini aynı dudakla öpüyorsun ama hepsinden farklı ve çok keyif alıyorsun, eğer öpen dudak olsaydı o keyfi almazdın. Öpen dudak değil, sevgi ve muhabbettir. Dokunan ten olsa da hisseden ruhtur.

İnsan manadan ibarettir. İnsanı hayvandan ayıran özellik budur. İnsana daima mana hâkimdir.

İnsan konservesi gibi otuz katlı apartmanda, sifon seslerinin arasında yaşıyoruz. İnsan beden değildir ama öyle sanıyoruz. Şu araba olsun, evde bir oda fazla olsun, sofrada bir tabak fazla olsun, yazlık kışlık olsun... Ama manaya dair, ruha dair hiçbir ihtiyacımızı gidermiyoruz.

Arabaya değil, içine bakmamız lazım. Arabayı kullananın şoför olduğunu anlamamız ve arabaya gösterdiğimiz özeni şoföre göstermeye başlamamız, bedene gösterdiğimiz özeni şoföre göstermemiz lazım...

Kafamın içinde ürettikçe üretirken kendimi Cennet Dede'nin yanında çok rahat ve huzurlu hissettiğimden olacak ki dilimden "İnsanları anlamıyorum, bilmiyorum seviyor muyum sevmiyor muyum..." itirafı çıktı.

"İnsanları değil delikanlı, insanların içindeki Allah'ı sev" dedi o da...

***

Tahir Amca'nın mücellithaneyi hatırlardım sahafı görünce. Burası da iki katlı ahşap dar bir bina... Ama daha bakımlı, sağlamlaştırılmış, bakımı yapılmış, restore edilmiş... Üstelik binanın tamamı sahaf... Gözümün gördüğü her köşede eski bir kitap duruyor... Burası cennette küçük bir ada sanki... Kapıdan girer girmez, eski kitapların kokusuyla sarhoş olmuştum.

Eski raflar tertemiz, boyalı, vernikli. Cennet Dede kardeşini selamlayıp kucakladı. Dün Birlik Dükkânı'nda gördüğümü hatırladım. Güzel duayı eden adam... Hani "baba" dedikleri...

"İşte sana sözünü ettiğim delikanlı..." dedi. "İstanbul'da yazarlığı var. Mecmualarda yazıları basılıyor. Dedesi gibi elinde büyüdüğü adamlardan biri de mücellitmiş. Kitaplarla arası tahmin edebileceğinden daha iyi... Yanından ayrılan iki gencin yerini tek başına tutar gibi geliyor bana. Okumadığı kitap kalmamış bu yaşta..."

"Aferin sana delikanlı..." diyerek elimi sıktı dükkânın sahibi... Sahaf Baba'ymış onun da namı... İsmini hatırlayan yok... Cennet Dede bile öz kardeşine "Sahaf Baba" diye sesleniyordu.

Aralarında epey yaş farkı varmış gibi görünüyordu. Sahaf Baba'nın saçlarına kırlar yeni düşmüş, Cennet Dede'deyse bir tel bile siyah saç kalmamıştı. Babayla oğul gibiydiler yan yana durunca...

Cennet Dede etimle de kemiğimle de beni Sahaf Baba'ya emanet edip izin istedi. "Hayırlı olsun delikanlı..." dedi. "Kısmetinde varmış demek... Gerisi sana kalmış bundan sonra..."

Elini öpüp teşekkür ettim. Onu mahcup etmemek için iyi çalışacak, özen gösterecektim halime tavrıma. Kimseye dert olmak istemiyordum.

Sahaf Baba dükkânı köşe bucak gezdirdi önce. Hangi kitabı nasıl bulabileceğimi gösterdi uzun uzun. Bilgisayar üzerinden siparişlerin nasıl alındığını, nasıl kargolandığını da açıkladı.

Üst katta kalacağım yere de çıkardı beni... Hayalimdekinden çok daha güzeldi... Çalışma masasına bayılmıştım. Oda küçük olduğu halde üzerinde aydınlatıcısı bile olan çekmeceli ahşap bir masam olacaktı. Kendimi evimde hissedecektim bu sayede... Keyifle yazı yazabildiğim, kitap okuyabildiğim her yer evim sayılırdı benim. Ağabeyi gibi ağırbaşlı, kibar, anlayışlı, olgun bir adamdı...

"Gündüzleri ben dükkânda olurum, sen öğlen üç gibi buralarda olsan yeter, akşam da sekiz gibi de kapatır istirahat edebilirsin..." dedi.

"Teşekkür ederim..." dedim. Gündüzleri Fesleğen'i arayacak, köşe bucak izini sürecektim rahatlıkla. Konya'ya yerleşmeye gelmemiştim ne de olsa. "Beni bul..." diyen sevdiğimin peşinden gidecektim. Belki bir belki iki hafta, ne kadar kalacağım belli değildi ama bir süre buralarda olacağım kesindi artık.

Hafta sonları dükkâna Sahaf Baba'nın kızı bakıyormuş. Hafta içi sekizde kapanıyormuş dükkân... Kapılar kilitli, kepenkler kapalı olduğu sürece sekizden sonra özgür olduğumu söyledi Sahaf Baba... İstanbul'a ne zaman döneceğimin belli olmadığını ve dönmem gerekirse yarı yolda bırakmak istemeyeceğimi söyledikten sonra, "Ne zaman istersen, kendini rahat hisset. İhtiyacın olduğu kadar bu iş senin..." demişti.

Artık yepyeni bir hayat, yepyeni bir düzen başlıyordu benim için... İçinde Fesleğen olacak mıydı, olmayacak mıydı bilmiyorum... Bu şehre neden geldim, Fesleğen'i bulabilecek miyim onu da bilmiyorum. Lakin hiçbir şeyin eskisine benzemeyeceğinin farkındaydım.

***

O gün kitaplarının yerlerini öğrenmekle geçti, alışmaya çalıştım raflardaki düzene. Müşterilerin hepsi yaşıtlarımdı. Üniversite öğrencileri geliyor ve çoğunlukla kendilerine tavsiye edilmiş kitapları arayıp soruyorlardı. Benden de tavsiye istiyorlardı bazen. Ben de karşımdakinin ihtiyacını anladığım kadarıyla bildiğim yazarları öneriyordum.

İnsan çalışınca hele sevdiği işle uğraşınca vaktin nasıl geçtiğini anlamıyor. Sahaf Baba'yla birlikteydik dükkânda, akşamı nasıl ettiğimizi anlamadım bile.

Çatı katındaki ilk gecemi odamı düzenleyerek geçirdim. Yazılarımı, defterlerimi, kâğıtlarımı çekmeceme yerleştirdim özenle... Birkaç parça giysimi dolaplara koydum... Uçurtmamı da yatağın tam karşısındaki duvara astım...

Küçük de bir su ısıtıcım vardı odamda... Marketten birkaç atıştırmalık ve sallama çay almıştım, işe yarayacaklarını biliyordum. Gece benimdi artık...

Gökyüzüne açılmış daracık pencerem, yıldızların ışığını bonkörce dolduruyordu odama. Pencerenin önündeki kısa kitap rafını kenara çekip, masamı yerleştirdim oraya. Ne de olsa oda bana aitti artık. Masamın başına oturup başımı kaldırdım yıldızlara doğru, nerede olduğunu sordum Fesleğen'in.

Avuçları fesleğen kokan kadın, ben üşüyorum sensizlikten, yıldızlar düşüyor sessizlikten. Sanki eskisi gibi yakışmıyorlar gökyüzüne yıldızlar. Haydi, çık gel neredeysen, seni yazdığım rüzgârlarla gönder kokunu. Üç beş güzel kelime yazabileyim artık kâğıtlara, benim de yüzüm gülsün artık, kâğıtlar da kurtulsun hüzünden, özlemden...

Gelse şimdi, yüzüm gülerdi. Gelse şimdi yazdığım her şey değişirdi. Ayrılık değil vuslat yazardım, yıldızlar gökyüzünde değil odanın içine dolardı. Şimdi yok, geceler uzadıkça uzuyor. İçimdeki karanlığa meydan okuyor.

Sensizken perdeleri kapatamıyorum, Senden başka hiçbir şeye talip olamıyorum. Birkaç hayale, birkaç kelimeye sığdırmaya çalışıyorum seni. Gülmesen de yüzünde duran gamzelerini hatırlıyorum, başımı kaldırıyorum ve gökyüzünü, yüzünü görüyorum...

Düşüncelerime hayallerin de bulaşmaya başladığı saatlerdeydim artık. Yazmak ibadetten farksızdı şu saatten sonra. Aldım kâğıdı kalemi elime, yaktım masamın ışığını ve başladım yazmaya...

***

22.00, İlkbahar sonbahara küser mi?

Nasıl oluyor da uğruna kafiyeler biriktirdiğin insan, bir gün gelip ağlarken yazdığın şiirlere sebep olabiliyor? Bazen soruyorum kendime, giydiğimiz bu kıyafetler mi bizim karakterimizi belirliyor yoksa karakterimiz değiştikten sonra mı kıyafetlerimiz değişiyor? Kıyafetler, şekiller, zaman bir şekilde değişiyor ve geçiyor.

Hepsi geçiyor bir şekilde ama geçmeyen şeyler var. Canımızı yakan günler geçse de geçmeyen, yutkunduğumuz şeyler var. Geçip giden o kadar şeye inat bir türlü geçip gitmeyen şeyler var.

Zaman geçtikçe taktığımız şeyler gibi, kıyafetlerimiz gibi biz de değişiyoruz. Ne zaman ben değişmem demeye dur, başına geliyor. Duru bir suyun daha da durulmak için dur durak bilmeden bir dağ tepesinden aşağıya akarken bir erguvana âşık olup köklerinde oyalanmasıydı çalıştığımız şey.

Uzun süredir geceleri uyuyamıyorum. Eskiden dünyayı çok takardım. Şimdi biliyorum, nasılsa uyuyunca da geçmeyecek, artık takmıyorum. Bana lazım olan şey sendin. Senin gelmen, başıma gelip gidenlerden mühimdi. Ve şimdi yazdığım her şiiri sanki ilkönce sen okuyacakmışsın gibi yazıyorum. Ondan özenli her satırı, ondan kelimelerin üzerini sile sile diziyorum...

Sokağa ilk çıktığım gün sevdiklerine, kaldırımlara ve şehre bağıran adamları gördüğümden beri sesimi çıkartamıyor, düşündüklerimi kâğıtlara fısıldıyordum. Yıllarca bana cevap veremeyen ama beni anlayan kâğıtlarla konuştum. Sonra sen geldin. Başımı ilk kez kaldırmış ve gözlerimle ilk kez yazdıklarım dışında bir şeye bakmıştım. Sana baktım, kelimelerime baktım. Ben yıllarca seni yazmışım...

İtinayla biriktirdiğim kelimeleri seni anlatmak için kullanıyorum ama çıkmaz yol gibi bir yere kadar ilerleyebiliyorum. Sanki müsaade yok o güzel kalbi anlatmaya. Sanki bir yıldızda saklı seni yazmanın mürekkebi.

Dünyanın aynı vaktinde yakın yerlere seçilmişiz. Bu bir nasiptir. Yan yana olamadık diye şükretmeyecek değilim. Sonbahar ilkbahara küsebilir mi yan yana değiller diye? Aynı havayı soluyorlar, aynı su damlalarına dokunuyorlar ve o kadar şairin kaleminden aynı anda çıkıyorlar.

Sevmek, bir dokunma maksadından ötede durur. Sevmek, konuşabilme maksadından da ötede durur. Sevmek; ateşi, ateşin içine girip yanarak anlatmaktır. Yanarsın ve artık ismin değişir. Sen bir âşıksındır. Yolun hayır olsun. Cennetin kapısı sana açılmıştır. Tertemiz bir sevdaya yazılır ismin. Bazen öyle seversin ki yaratılmış diğer kelimeler gereksizmiş gibi gelir, sadece "Seviyorum..." diyesin gelir...

***

Bir şarkı var, paylaşsam kimse anlamayacak, günlerdir kendi kendime dinliyorum ve bir özlem var tam içimde, anlatsam kimse inanmayacak, yıllardır kendi içimde yaşıyorum. Anlamayanlara anlatamıyorum, anlatabildiklerim de bana inanmıyor.

Yılını tam bilmesem de sanıyorum 10 Şubat vakti teslim edeceğim emanetimi. Zaten tam 10 Şubat'ta teslim almıştım bu emaneti.

Üşür müyüm, bilmem. Bel ağrım tutar mı giderken, bilmem. Ama gittiğimde sevdiğimi görmek istiyorum. Onun için bir ömür sakındığım gözlerim benimle olur mu, bilmem. Yanı başımda olur da onlar da görür mü bilmem ama ben son nefesimde de olsa sevdiğimi görmek istiyorum işte. Kimsesiz hayaller kuruyorum. Kimsesizliğin belki de en zor şey olduğu büyük bir şehirde. Başını öne eğmiş, usulca kaldırımlarda sokak lambalarının hizasında yürüyen, gözleri nemli o çocuk işte benim.

Kimsesizleşince etraf, kendime geliyor gibi oluyorum. Yeni bilinmedik kelimeler üretiyorum, arkasına kimsenin anlamayacağı bir şarkı koyuyorum. Öyle bir hal içindeyim ki tarifini de kendim yapıyorum, hali de kendim yaşıyorum ve tüm anlaşılmazlığı da kendi içimde yaşıyorum.

Bana gerçeği anlattın, bana güzeli gösterdin ve gittin. Evet bilmemek mutlulukmuş. Bilmek mutsuzluk değil, bilmek acı çekmekmiş. Öğrenmeye çalıştıkça yalnızlaşıyormuş insan. Ama insanlardan uzaklaşıyor, Allah'a yakınlaşıyormuş. Sen benim Allah'ı bilme sebebim oldun, arayışımın Allah olduğunu gösteren sebep oldun.

Evet kimsesizleşiyor insan. Ve bir gün siz de kimsesizleşirseniz sahip olduğunuz, gitmek istediğiniz, bilmek istediğiniz, varmak istediğiniz, varınız da yoğunuz da O olacak, göreceksiniz.

Elimde bir kâğıt kalem ve karşımda simsiyah bir gece tablosu, işte böyle garip, dertli ve yoksul bir gece...

Kimse yok. Zaten ancak kimse olmayınca insan derdini Allah'a anlatabilirmiş. Sen gittiğinden beri ben de öyle yapıyorum işte. Allah'a anlata anlata, derdim de Allah oluyor...

4. Bölüm

Keçe, Ney, Sahaf

Sevmek demek,
yan yana gömüleceği kişiyi seçmek demekmiş.

Konya'da 10. gün.

Fesleğen'le karşılaşabilme ümidiyle gündüzleri şehrin bilinen, rağbet gören kitap kafelerine uğruyor, şehri dolaşıyor, Cennet Dede'yle buluşup sohbet ediyor, öğleden sonra da sahafa gelip kitaplarla ilgileniyordum. Tanıştığım insanları çok sevmiştim, burada öğrendiğim her şey hep daha fazlasını aratıyordu bana. Giderek genişleyen bir okuma, araştırma ve öğrenme arzusuyla doluydum. Cennet Dede'yle Sahaf Baba'nın bulunduğu her yer bir ilim yuvası gibiydi benim için.

Geçtiğimiz bir hafta içinde Sahaf Baba'yı biraz daha yakından tanıdım, tanıdıkça ona karşı duyduğum saygı da, hayranlık da çoğaldı. Bakmayın herkesin Sahaf Baba diye onu çağırmasına, altı üstü bir dükkân sahibi, ticaret adamı değildi. Birlik Dükkânı'nda yaptığı tasavvuf sohbetleri de bir yana, koskoca bir tarih profesörüydü aslında. Üstelik sahaftan elde ettiği kazancın büyük bir kısmını Anadolu'da köy okullarına kütüphane açarak harcıyordu. Şimdiye kadar tam on altı ilkokulda Sahaf Baba'nın ismini taşıyan kütüphaneler açılmış... Kimse Sahaf Baba'nın gerçek ismini bilmediği için kütüphanelerin adı bile "Sahaf Baba Kütüphanesi" olmuş.

Tahir Amca'dan sonra hayatımın yeni rehberi gibiydi adeta. Ayrıca Tahir Amca'yı da, sohbetini de çok özlemiştim ama burada öğrendiğim yeni şeyler, özellikle de tasavvuf felsefesi beni fazlasıyla etkilemişti.

Biraz hevessiz de olsam ihmal etmemem gereken isimlerden biri de Serdar'dı tabii. İstanbul'da yazılarımı basan derginin genel yayın yönetmeni. İki günde bir beni ya kendi arıyor ya da aratıyordu mütemadiyen. Yayınevlerinin bana ulaşmak istediklerini, başka dergilerden de tekliflerin geldiğini, Konya'dan ne zaman döneceğimi sorup duruyordu.

İki üç günde bir telefondan muhakkak yazı yolluyordum onlara... Editörden geçirdikten sonra yine "Seyyah" mahlasıyla yayımlıyorlardı her zamanki gibi... Yazılarım basılır basılmaz sayısız geri dönüşler alıyordum. Derginin ne kadar sattığını, hangi yazının ne kadar okunduğunu, sosyal medyada hakkımda ne yorumlar yapıldığını, adıma açılan sahte sosyal medya hesaplarının bile sayısız okur tarafından takip edildiğini rapor ediyorlardı sürekli...

Bütün bunların benim yazma motivasyonumla hiç ama hiç ilgili olmadığını açıklamaya çalışsam da yazılarımın gördüğü ilgi konusunda bana bilgi geçmeye devam ediyorlardı işte.

"Şimdilik buradayım Serdar..." dedim. "Zaman ne gösterecek bilmiyorum. Kaderim hâlâ yazılıyor... Hikâyem bitmedi ki..."

Serdar'ın kitap yazmam konusundaki baskılarına şimdilik olumlu bir yanıt vermesem de içten içe kendimi uzun bir hikâye anlatıcılığına hazırlıyordum sanırım. Üstelik bir kahraman arayışında da değildim, Fesleğen vardı hâlâ içimde...

Onu anlatsam sayfalara sığmazdı zaten. Hayır, hayır... Fesleğen'in güzelliğinden, içtenliğinden, dürüstlüğünden, içsel zenginliğinden, kültüründen ve birlikte yaşadığımız güzel günlerden söz etmezdim. Onun gölgesiymiş gibi duran sonsuz bir iyilikten ve sahicilikten söz ederdim en çok. "İyilik hâlâ ölmedi..." diyebilmek için yazardım Fesleğen'i... Bu dünyada hâlâ iyilik var... Serdar'ın kitap konusundaki baskıları umurumda değildi ama bu fikir, roman yazmam konusunda ilham veriyordu bana.

***

Kitaplara gömmüştüm kendimi tamamen. "Nefes bile almadan okuyorum..." desem fazla söylemiş olmam. Burası benim için dünyanın en ücra köşelerine kadar açılan sonsuz bir hac yoluydu...

Dünyanın etrafını defalarca dolaşmışçasına uzun yollar kat etmiştim. Hayatımın en uzun, en bereketli, en verimli seyahatiydi bu... Bir seyyah için daha zorlu ama bir o kadar da tatminkâr bir yolculuk daha olamazmış gibi geliyordu.

Sahaf Baba'nın işinde neden bu kadar hatırı sayılır bir şöhrete ve itibara sahip olduğunu anlayabiliyordum gün geçtikçe. Burası dünyanın en kıymetli hazinelerinin en mütevazı sayfaları arasına gizlenmiş eşsiz bir mabetti adeta.

Sahaf Baba'yla selamlaşmak dışında tek satır konuşmadığımız günler bile olmuştur. İkimiz de köşelerimize çekiliyor okumaya koyuluyorduk. Okuyucularla ilgilenmek dışındaki zamanlarımızı kitaplara adıyorduk.

Beni sevmişti herkes, güzel şeyler de katmıştım dükkâna. Dükkânın raflarını iyice düzenleyip tertemiz elden geçirdikten sonra bir köşeye iki berjer yerleştirip mütevazı bir okuma köşesi yapmıştım müşteriler için. Üst kattan indirdiğim berjerler bambaşka bir hava katmıştı dükkâna. Artık gelen müşteri hemen terk etmiyordu dükkânı. Uzun uzun oturup kitapları inceliyor, okumasını yapıyor, çayını içiyor ve alışverişini eksiksiz yapıp memnun ayrılıyordu bizden.

Sahaf Baba zaman zaman dükkânda tamirat işine ayırdığı küçük masasında arazlı kitapları onarıyordu. Bazen ihtiyacı olan aletleri o istemeden uzatıyor, kullanacağı sıraya göre temizleyip önüne diziyordum. Önce çok şaşırdı mücellitlik konusundaki bilgime, sonra Cennet Dede'nin Tahir Amca'dan söz ettiğini hatırladı. Uzun uzun kulaklarını çınlatmıştık o gün Tahir Amca'nın... Mücellitlik üzerinden hayatı nasıl da zengin ve çok yönlü okuduğunu anlattıkça Sahaf Baba'da da olumlu ve saygın hisler uyanmıştı Tahir Amca'ya karşı...

"Tahir Amca kitap onarmakla insan onarmak arasında hiç fark yok derdi... Dağılan eski bir kitabın sayfalarını nasıl gelişigüzel bir araya getiremezsek, öyle alelade bir yapıştırıcıyla tutturamazsak, kendi içinde dağılmış bir insanı da öyle alelade dinleyip geçiştiremeyiz..." dedim. "Tahir Amca aklı ve ruhu birbirine karışmış insanın sayfaları dağılmış kıymetli bir kitaptan farksız olduğunu düşünürdü. Dağılmış eski bir kitap nasıl ki işinin ehli usta bir mücellit ararsa, aklı ve ruhu birbirine karışmış insan da öylesi bir arayıştadır işte derdi... Doğru ustayla doğru çırağın buluşması çok önemlidir bu yüzden. Doğru dervişlerin buluşması gibi... Hatta Mevlana'yla Şems gibi..."

"Çok kıymetli bir mücellitmiş..." dedi Sahaf Baba... "Bir işin ustası olmak o işi hızlı ve temiz yapmak demek değildir çünkü. O işin hayata karşı söylediği sözü işitebilmek gerekir. Tahir Amca'n, yaptığı mesleğin hayata karşı söylediği sözü işitebilen adamlardan anladığım kadarıyla. Bu yüzden gerçek bir usta... Bu yüzden işinin ehli..."

"Bu konuda çok şanslıyım..." dedim. "Hep iyi öğretmenlere denk geldim. Üstelik okullarda değil, hayatın içinde çıktılar karşıma..."

Onardığı eski bir kitabı kurumaya bırakıp yerinden kalkan Sahaf Baba, mutfaktaki semaverden iki demli çay alıp geldi yanıma. Kasanın yanındaki geniş ahşap masanın başındaki sandalyeye oturup "Gel buraya dinlen biraz..." dedi. "Geldiğinden beri ya çalışıyorsun ya kitap okuyorsun. Çok sevdik seni ama biraz kendine de vakit ayır."

Söylediğini yapıp gösterdiği yere oturdum hemen. Çayımdan bir yudum aldım. Bayılıyordum şu bergamot kokusuna. Beyazıt'ta yazdığım derginin çaycısı Aslı Abla'nın çayını hatırlatıyordu bana. Aynı itina, aynı temizlik, aynı incelik...

"Çok iyiyim merak etmeyin..." dedim. "Konya'daki günlerimin çok daha zor, çok daha mücadele içinde geçeceğini düşünmüştüm. Sayenizde hem rahatım yerinde, hem kitaplarımlayım, hem de sandığımdan uzun kalacağım."

"Bir şeyler aradığın belli delikanlı..." dedi Sahaf Baba. "Buralara boşuna gelmedin. İstanbul'da bir okulun, evin, düzenin varmış... Hepsini bir anda boşuna bırakmadın elbet. Ya kaçıyorsundur, ya arıyorsundur..."

"Arıyorum..." dedim. "Birini mi arıyorum, bir duyguyu mu, bir tecrübeyi mi, bir bilgiyi mi, bir açıklamayı mı, bir sırrı mı bilemiyorum... Ancak bulduğumda anlayacağım ne aradığımı sanırım..."

"Hepsi aynı kapıya çıkar delikanlı..." dedi Sahaf Baba. "Birini de arıyor olsan, bir duygunun peşine düşmüş de olsan, bir sırrı ya da açıklamayı da kovalasan seni tek bir kapıya taşır hepsi... Onun da adı yalnız sende vardır. Kimse yardım edemez sana... Şu okuduğun kitaplar bile. Hepsi yolculuğa hazırlar seni. Hepsi destek olur yürümene... Aradığını buldurmak adına destek olurlar ama bulmak da, bulduğunu bilmek de senin işin..."

"Nerede arayacağımı bilmiyorum belki de" dedim.

"Bazı yollar yürümekle aşılmaz..." dedi etrafımızdaki kitaptan dağları işaret ederek. "Ama dışarı da çık tabii... Bir şeye saplanmak körleştirir insanı. Sadece kitap okumak da iyi değildir. Biraz hayatı biraz da kitabı okumalı insan. Hayatın içinde ol. Hayatın içinde de ara..."

Ne diyeceğimi bilmiyordum, cevap veremedim. Kapıdan içeri giren bir genç konuşmamızı bölmüştü. "Yüzünden düşen bin parça ne oldu sana?" dedi Sahaf Baba gence.

Belli ki gencin bir derdi vardı ve çalacağı kapı da Sahaf Baba'ydı. Yalnız bırakmak istedim onları... Ama öncesinde taze birer çay ikram ettim. Bu sırada Sahaf Baba'yı nasihat verirken işittim.

"Bir ağacın dibindeki ve çevresindeki yabani otları ne kadar biçersen ağaç o kadar büyür ve güzel meyveler verirmiş..." dedi. "İki ağaç hayal et. Birinin dibi bakımlı, düzenli, tertemiz, diğeri ise yabani otlar ve mantarlarla çevrili. Tabii ki aralarında ciddi bir fark olacak. İlki büyüyebildiği kadar büyür ama diğeri ancak kendisinden enerji çeken mantarlar müsaade ettikçe büyüyebilir. Arkadaşlarını iyi seçmezsen, onlar müsaade ettiği kadar büyürsün sen de. Bugünkü gibi başına çok daha kötü şeyler gelir.

Lüzumsuz işler kovalayan insanlardan uzak dur, gerekirse kırmadan arkadaşlığını bitir. Onları uzaklara emanet et. Biliyorsun ki uzaklar Allah'a emanettir. Onlara da kırmadan, biraz dinlenmen gerektiğini söyle ve uzaklaş bir süre.

Eğer arkadaşlıklarına kıyıp da onlardan uzaklaşamazsan vaktini de enerjini de alacaklar. Onları kaderleriyle baş başa bırak, yardım etme demiyorum. İlkönce sen düzel ve kendine gel ki sonrasında onlar seni görecek ve örnek alıp peşinden gelecektir. Yaptıklarınla örnek olmalısın onlara. Ne kadar alışmış olursan ol, artık seni bataklığa çekenlere hayır demelisin. Bu kötü alışkanlıklar da olabilir, gerçeği unutturan eğlenceler de olabilir.

Nefsinin kölesi olmuş, makam, para, süs peşinde koşan, Allah'a inandığını söyleyip paraya tapan insanlardan uzaklaşmak zorundayız. Bizim ihtiyacımız olan şey Allah'ın sevgisidir, insanların takdiri ve görüşleri değil.

Vakit az, nefis var. Öyleyse arkamıza bile bakmadan inandığımız yolda hızlı, uykusuz adımlarla yürümek gerek. Bu ağaç artık sadece Allah'a kul olmalı, O'nun için büyümeli ve O'nun için meyve vermeli..."

Bıraktığım çaylar soğumak üzereydi artık, ikisi de bir yudum bile almamıştı. Ben de kapılıp gitmiştim Sahaf Baba'nın sözlerine. Kendimi alamıyordum dinlemekten.

Sahaf Baba'yı can kulağıyla dinleyen genç, elinden geleni yapacağının sözünü vererek izin istedi...

Misafiri uğurladıktan sonra yine bana döndü Sahaf Baba...

"Konya'ya geldin ama Pir'i ziyaret ettin mi hiç?" diye sordu.

Sohbetlerden öğrenmiştim Mevlana'ya Pir dediklerini.

"Hayır..." dedim. "Hiç fırsat olmadı."

"Nasıl fırsatın olmadı, Konya'ya ayak basan ilkönce Pir'i ziyaret etmeli, hadi git, ben nasılsa dükkândayım. Sana benden izin..."

"Tamam Sahaf Baba..." dedim gülümseyerek. "Sen nasıl istersen..."

Yanıma su alıp çıkıyordum ki "Yarın cumartesi..." dedi. "İzinlisin... Ben kızımla duracağım dükkânda... Sen dilediğin gibi bir hafta sonu geçir..."

"Eyvallah..." dedim. "Eyvallah Sahaf Baba."

***

Bir ilkokulun önünden geçtim yürürken. Minikler kendilerinden büyük çantalarla okul çevresinde karıncalar gibi dolanıyorlardı. İlkokulda taşıdığımız beslenme çantalarımız geldi aklıma. Sanırım o günlerden en çok aklımda kalan şey, annemin büyük bir özenle hazırladığı beslenme çantamdır.

Aileler çocuklarının üzerlerine öyle titriyorlar ki ilkokul yıllarında ellerinden gelse mutfağı da verecekler çocuğun yanına. Bir çocuğun ilkokula girdiği gün, yaşamla sınavının başlaması gibi anneyle babanın da her şeyin en iyisini evladına sunma gayreti içinde kendi ebeveynliklerini sınadıkları bir süreç başlıyor.

Bazıları çocuk sahibi olur olmaz düşünmeye başlıyor onun eğitim hayatını. Hatta planlar bile yapıyor, belki bir hesap açıp küçük de olsa birikim yapmaya çalışıyor. Birçok değişkeni düşünerek elindeki ihtimaller dahilinde her şeyin en iyisini seçmeye gayret ediyor. İlkokulda bile en iyi İngilizce öğreten okulu arıyor.

Peki neden yapıyorlar bunu? On iki yıl sonra çocuk üniversitede daha rahat etsin diye... Öyle işte... Ailelerin çocuk altı yaşındayken yaptığı yatırım on iki yıl sonrasını etkiliyor. Böylece çocuk, üniversitede diğerlerinden bir adım önde oluyor.

Çocukken yapılan yatırımların gelecekte verimli sonuçlar yaratabileceğini öngörebiliyoruz. Bu öngörüyle en iyi okulları, en iyi koşulları oluşturmaya çalışıyoruz çocuklarımız için. Buraya kadar sorun yok. Sorun, sonsuz bir hayat için neden yatırım yapmayı düşünmediğimiz bence.

İlkokuldaki bir hamle, üniversiteyi değiştiriyorsa şu an, tam da şimdi yapacağımız şeyler, sonsuz bir hayat inşa etmek için ne kadar da etkili olur düşündük mü hiç?

Ayrıca üniversite için on iki sene öncesinden plan yapmak gerekiyorsa, sonsuz bir hayat inşa etmek için çok daha sağlam, üzerinde iyi çalışılmış ve gayretli bir plan yapmamız gerekmez mi?

Cennet Dede'nin çocukluğu belli ki tertemiz bir ortamda geçmiş. Yoksa kalbi nasıl böylesine saflıkla dolardı ki? Sahaf Baba belli ki kitap âşığı, eğitim âşığı bir ailede büyümüş. Yoksa keyfi yerindeyken niye dert etsin ki Anadolu'daki okullarda kütüphane açmayı?

20 sene boyunca günde ortalama 8 saat okuyarak yaptığımız şey yaşamamıza yaramaz, sadece daha iyi şartlarda yaşamamıza yarar. Geriye ne kadar ömrümüz kaldıysa işte... Peki 20 yıl boyunca bir insan "Ne için bu dünyadayım?" sorusu üzerine boş zamanlarında da olsa çalışsa nasıl bir aydınlanma seviyesinde olur kim bilir...

Doğduktan sonraki 25 yılımızı, sonraki 40 yıl rahat edelim diye geçiriyorsak neden sonsuz bir hayatı, 40 senemiz kadar ciddiye almayız? Tabii ki okullarda okuyacağız, insanlara sözümüzü ancak eğitilmişsek anlatabiliriz. Mesajı iletme görevimizi ancak donanımlıysak yapabiliriz. Ama asıl meseleyi kaçırınca da geri kalan neyi isabet ettirsek olmuyor sanki. Huzuru bulamayacağız.

Merak ediyorum insanoğlu hangi hayır işine, işe geç kaldığında patron azarından korkup sırılsıklam ter içinde kaldığı gibi koşuşturacak?

***

Mevlana Celaleddin-i Rumi'nin türbesinin girişinde küçük bir tabelada çok güzel bir yazı gördüm. İnsana birçok şey iyi hissettirebilirdi, bu da onlardan biriydi:

"Lâ tahzen. Üzülme. Çünkü hüzün, düşmanı sevindirir, dostunu üzer, haset edenin diline düşürür.

Lâ tahzen. Üzülme. Çünkü hüzün, kaybolanı geri getirmez, öleni diriltmez, kaderi değiştirmez, hiçbir fayda getirmez.

Lâ tahzen. Üzülme. Çünkü hüzün, sinirleri yıpratır, kalbini yorar, gecelerini mahveder.

Lâ tahzen. Üzülme. Eğer günah işlediysen tövbe et, istiğfarda bulun. Yanlış yaptıysan düzelt, O'nun rahmeti sonsuz, kapısı hep açıktır.

Lâ tahzen. Üzülme. Şunu unutma: Yaşadığın günün sınırları içinde yaşamazsan sıkıntı ve kaygıların artacak demektir.

Lâ tahzen. Üzülme. Her zorlukla birlikte kolaylık vardır. Yani kolaylık zorluğun içinde saklıdır.

Lâ tahzen. Üzülme..."

Ne kadar güzel satırlar bunlar. Ne kadar iyi hissettiriyor insana. Her satırı okurken beynimin içinde aça aça uzatıyordum. O kadar sevdim ki metni ve o kadar insana dair kelimelerdi ki.

"Kolaylık, zorluk zannettiğimiz şeyin ta kendisidir!" Nasıl derinlere götürüyor insanı.

"Sabaha çıktıktan sonra artık akşamı bekleme, akşama kavuşunca da sabahı bekleme. Ne maziye takıl kal ne de gelecek kaygısı içinde ol. Yani, anı yaşa." Sanki tüm Doğu mistik düşünceleri Mevlana'nın eteğinden ders alıp oluşturmuşlardı öğretilerini. İnsana yapması gereken kurallar dizisi sıralamıyordu. İnsana ruhunun reçetesini veriyordu. "Sen işte busun!" diyordu. Kendini bilen insan da, Rabb'ini bilmeye başlıyordu.

Tasavvuf, insana yokluğunu öğretme sanatıymış. Tasavvuf nedir, Fesleğen öğretmişti bana. Fani olan her şeye yüz çevirip, baki olana talip olmayı öğretmişti. Kalabalığın içinde yalnız başıma yürümeyi Fesleğen'den öğrenmiştim. Etrafımda insanlar vardı ama kimseye dokunmuyor, kimseyle konuşmuyordum.

Bir koku almıştım bir kere, artık o koku dışında bir şeyi merak etmiyor, o kokuyu konuşmadan da geçirdiğim vakitleri boşa sayıyordum. Dünyaya zincirlenmiş fikirler beni ilgilendirmiyor, kendi fikirlerimi gökyüzünde uçuruyordum. Okuduklarım, dinlediklerim dünyaya bağlanmış o eski beni öldürmüştü, genç bir adam doğmuştu artık içimde.

Türbeyi ziyaret edenlerin çoğunun elinde fotoğraf makineleri ya da fotoğraf çekmeye hazır cep telefonları vardı. İnsanlar Mevlana'nın türbesinden fotoğraflar çekip çekip biriktiriyor.

Koleksiyonculuk kanımızı emen bir hastalık gibi adeta. Nereye kadar gidecek bu anlamadan biriktirme hevesi bilmiyorum. Neyi, nereye kadar götürebiliriz ki sanki? Hatıralarımızın çoğu, hep biriktirme çabası yüzünden değil mi? Nereye gitsek anlamaya değil, saklamaya çalışıyoruz sadece. Öğrenmek değil, paylaşıp beğeni almak bütün gayemiz.

Oysaki anlasak sonsuz bir vakit için kullanacağız ama saklayarak sabit disk bozulana kadar kullanmayı tercih ediyoruz. Güzel fotoğraflar biriktirmek, daha çok ve daha çok... Sahi, şu filtreler icat edilmeseydi bu kadar insan nasıl bu kadar fotoğraf çekebilirdi?

***

Mevlana'yı ziyaret edip görevimi yerine getirdikten sonra türbenin avlusunun arka kapısından çıktım. Keçeden ürünlerin satıldığı butik bir yer ve önünde oturakların olduğu genişçe bir alan...

Etraflarına halka şeklinde insanların toplandığı kalabalığın ortasında, gençlerden oluşan beş kişilik bir grup, ney üfleyerek bir şeyler söylüyorlardı. Gruba yaklaştım ve bir yerden sonra söylediklerini net şekilde işitir oldum:

"Haydi kalk ayağa, her şey içinde seni bekliyor
İçe bakıp görmeni bekliyor.
İşte tam orada kapının önünde bir çiçek
Bu sefer üzerine basmanı değil, eğilip koklamanı bekliyor.
Evet, işte Allah her yerde
Bu sefer O'nu duymanı, O'nu görmeni bekliyor.
Teslimiyet öyle güzel ki sevgili
Eğilmeni, alnından öpmeni bekliyor.
Yeni doğuşuna şahitlik etmeyi bekliyor.
Haydi bekletme çok güzel bir yol seni bekliyor..."

Arayana kapılar açılıyor. Sırlarla karşılaşıp duruyorsun. Eğer avluda kalabalığı takip edip ön kapıdan çıksaydım ne bu güzel sözleri duyabilecektim ne de keçeleri incelerken muhabbet kurduğum Celaleddin Dede'yle tanışabilecektim.

Çay ikram etmek için beni üst kattaki keçe atölyesine davet etmişti. Kabul ettim. Evet, evet... Merak etmeyin öğrendim artık. Kesinlikle önce temiz bir kalple niyet edip aramak, sonra da o yola sadık kalmak gerekiyor...

Fesleğen bana, "Neyi ya da kimi seversek sevelim, aslında o sevgi Allah'a duyulan sevgidir ve kimden ne istersen iste, aslında Allah'tan istediğimiz anlamına gelir..." demişti.

Doğruydu söyledikleri, sevdiğinle tanışana kadar "Allahım sen bana hayırlı bir kısmet nasip et..." diyorsun. Tanıştıktan sonra, "Allahım sen kalplerimizi birbirine ısındır..." diyorsun.

Aranız bozuluyor, sanki bir şeyler ters gidiyor, işte o zaman da "Allah bize huzur versin, bizi barıştırsın, yumuşatsın..." demeye başlıyorsun.

Yani biz sevgiyi, huzuru, her şeyi Allah'tan istiyoruz aslında. Aşklarımızı, hayallerimizi, geleceğimizi, her şeyi Allah'tan istiyoruz. Her cümlemizin sonunda "inşallah" vardır bu yüzden. Sevdiklerimizi, seveceklerimizi, sevmek istemediklerimizi, her şeyi Allah'tan talep ediyoruz. Ama o şeye sahip olduktan sonra Allah'ı çıkarıyoruz aradan. Ta ki bir belaya kadar. Sonra hemen dualara başlıyoruz tekrar. Çünkü isteyebileceğimiz tek kaynak var.

İsmini ve sohbetini unutmayacağım insanlardandı artık benim için Celaleddin Dede. Anlattıklarını aklımdan çıkaramam sanıyorum. Gece odama çekilince onun bana verdiği ilhamı kendi kalemimin ve duygularımın süzgecinden geçirerek kâğıda işleyecektim muhakkak.

Bir yanı keçe atölyesi, diğer yanı atölyeden çıkan ürünlerin satıldığı küçük bir dükkânı vardı türbenin arka çıkışını gören. "Dede" dediklerine bakmayın genç bir adamdı... Kırk beş yaşında ya var ya yok...

Pir'in yakınlarında herkes nasibini alıyor olacak ki ben de şu küçücük keçeci dükkânında kocaman bir hayat dersi almıştım.

Konya'ya neden geldiğimi bilmediğimi, ilk gece bir kalacak yerimin bile olmadığını, sonra Sahaf Baba'nın dükkânını emanet aldığımı söyleyince anlamıştı dertli olduğumu.

"Üzülme..." demişti. "Dert iyidir. Asıl kötü olan dertsizliktir. Dert insana aratır, dert insana uyan artık dedirtir. Dertsizlik ise uykudur, uyuşturucudur. Bak Pir'in yanı başındayız nasıl anlatmış derdi bize..." deyip sözünü tamamladı:

"Allah der ki, kimi benden çok seversen onu senden alırım.

Ve ekler: Onsuz yaşayamam deme, seni onsuz da yaşatırım.

Ve mevsim geçer gölge veren ağaçların dalları kurur, sabır taşar, canından saydığın yâr bile bir gün el olur.

Aklın şaşar dostun düşmana dönüşür.

Düşman kalkar dost olur.

Öyle garip bir dünya...

Olmaz dediğin ne varsa olur.

Düşmem dersin düşersin.

Şaşmam dersin şaşarsın.

En garibi de budur ya: Öldüm der durur yine de yaşarsın."

Konuşmasında tatlı bir şivesi de vardı Celaleddin Dede'nin, öyle güzel okudu ki şiiri, daha önce ilk kez duyduğum satırlar yıllardır tanıdığım dost gibi geldiler bana. Çok güzel bir örnekle devam etti:

"Yufka açmaya yarayan bir oklava ile bir halı arasındaki bağ nedir?" diye sordu. Bilemedim tabii, beklediğimi görünce anlattı. "Annenin balkonun demirinden aşağıya sarkıttığı halıyı dövmesini hatırla..." dedi. Halıya her vurduğunda hafif bir toz bulutu yayılır etrafa. Halıyı döver kadınlar. Neden döverler ki, sevmedikleri için mi?

Halıyı temizlemek için vurur halıya bir kadın. Ne kadar sert vurursa halı, kirlerinden o kadar iyi arınırdı. Ne kadar sert vurursa halıyı o kadar iyi temizlemek istediğini anlarsınız. Temizlikçiler asla anneler kadar sert vuramaz halılara. Üstünkörü vurur geçerler, anne eli gibi olmaz. Anneler bilir ve halılarını sevdikleri için, daha iyi temizlemek için daha sert vururlar daha özenle vururlar.

İnsan da böyle değil midir? Dertlerden şikâyetçiyiz ama dert olmasa nasıl temizleneceğiz kirlerden tozlardan? Düşün, her yediğimiz darbe bizi biraz daha güçlendirmez mi? Diş ağrısı tutmasa Allah'ı hiç hatırlamayacak insanlar var dünyada... Sıkıntılar bizi toparlamıyor mu, düşünmemizi, kendimize bakmamızı, silkelenmemizi sağlamıyor mu? Firavun gibi dertsiz tasasız bir ömür geçirsek nasıl fırsat bulacağız düşünmeye, Allah'ı tefekkür etmeye? Günahlarımız dökülmüyor mu her dert darbesinde? Yediğin her darbe, sevdiğinin seni arındırmak için yanağına dokunuşudur..." demişti. "Ne kadar büyükse darbe, seni o kadar çok huzuruna bekliyordur. Onun içindir ki derde kedere eyvallah deriz bizler. Derdi dert etmeden perdenin arkasını görürüz."

Fesleğen gibi konuşuyordu. Daha doğrusu Fesleğen'le de konuşmuş gibiydi. Fesleğen ile ait olduğumuz dünyadan söz ediyordu. Bir keçeci bana ne de güzel hayat dersleri veriyordu böyle. Söylemek istedim ona sırtımdaki yükü. "Sevdiğimi kaybettim..." demek istedim ama diyemedim.

***

Vakit gelmişti artık. Sahafa dönmem gerekiyordu. İzin isteyip kalktım yavaş yavaş... Tasavvuf felsefesine ilgi duyduğumu anlamış olacak ki "Bizim Neyzen Erkan'a uğrarsın" diye tembihledi Celaleddin Dede. Ben de zaten kendime uğrayacak yeni kapılar arıyordum hem keşfedecek, hem öğrenecek, hem belki Fesleğen'in izine rast gelecek yeni kapılar...

Tarif ettiği yöne doğru bir arka sokakta yürümeye başladım. Küçücük bir ahşabın üzerinde yakılmış harflerle "Ney Atölyesi" yazan eski bir yapıya geldim. Kapısı açıktı. "Burası olmalı..." diye düşündüm girdim içeri...

Büyülü bir ney sesiyle kuşatılmıştı ruhum... Efsunlanmış gibiydim adeta. İşittiğim ney sesi aklımdaki karmaşayı durultmuş, sorularımı sessizleştirmiş, sakinleştirmişti içimi... Bir müddet öylece ayakta dikilip neyzenin sanatına hayranlıkla baktım.

Uzun boylu, temiz yüzlü, genç bir adamdı neyi üfleyen. Elinde kararmaya yüz tutmuş bir ney... Neredeyse bıyıkları yeni terlemeye başlamış gibiydi ama ney üflemesinde muazzam bir tecrübe, özgüven ve ustalık vardı neyzenin.

Üflemesi bitince gözlerini açtı yavaşça. Buyur etti beni bir tabureye. Çay ikram etti. "Arayış içinde bir ruh..." diye tanıttım kendimi. "Celaleddin Dede gönderdi beni..." dedim. "O zaman konuşmak gerek..." dedi nahif bir tebessümle. "Gelin içeriye geçelim."

Dört bir yanı desenli halılarla kaplı küçük bir odaya davet edip minderlerin üzerine oturttu beni. Kararmış neyi ile bir süre daha ney üfleyip, elindeki enstrümanı bana doğru uzatarak, "Ney, tasavvufa sadece sesiyle değil, felsefesiyle de hizmet eder..." dedi ve başladı anlatmaya... "Tasavvufta insan-ı kâmili temsil eder. Bir kamışın sazlıktan ayrılıp ney haline gelmesi arasında geçen evreler, insanın olgunlaşmasını ifade eder. Peygamber Efendimiz, Allah'ın esrar ve hikmet denizinden aldığı ilmin bir damlasını, Hazreti Ali'ye emanet etmiş ve 'Sakın ola bu sırrı kimseye açma' diye de tembih etmiş.

Ne var ki Hazreti Ali, kendisine emanet edilen sırla başa çıkmakta hayli zorlanmış. Taşımaya tahammül edememiş. Sırrın verdiği ağırlığın altında ezilir olmuş, tükenmeye başlamış. Çöllere düşmüş. Yerine yurduna sığamaz olmuş. Oradan oraya vurmuş kendini. Sonunda çölde kör bir kuyu bulup sırrını anlatmış. Gel zaman git zaman kör kuyu suyla dolmaya başlamış. Kuyudan taşan sular, kurak çölü sazlığa çevirmiş. Sonra bir gün koyunlarını güden bir çoban sazlıktan geçerken esen rüzgârın sazlıkların arasından geçerken tatlı bir ıslık çaldığını, hoş nağmeler çıkardığını fark etmiş. Gidip kendine bir kamış kesmiş ve ondan bir ney oymuş... Zamanla ney üflemekte ustalaşan çobanın şöhreti kısa zamanda köye yayılmış. Bir gün Peygamber Efendimiz de çobanın otlağından geçerken neyin sesine denk gelmiş ve 'Ah! Ben Ali'ye sırrı kimseye açma demedim mi?' demiş..."

Yumuşacık, ağır ve anlaşılır bir konuşması vardı Neyzen Erkan'ın. Ney üflerken olduğu gibi konuşurken de büyülüyordu insanı...

"Ney nasıl yapılır peki?" diye sordum Erkan'a... Elbette Fesleğen de biraz anlatmıştı bana neyin hikâyesini ama ustasından da dinlemek istedim işte.

"Ney yapmak yerine ney açmak tabiri kullanılır aslında..." dedi. "Dokuz boğumlu bir kamışın içi boşaltılır ve bir tanesi arka kısmında olmak üzere yedi tane de perde açılır, yani delinir. Neyin ilk ve son boğumuna da ya altından, ya gümüşten, ya da pirinçten bilezikler takılır. Parazvane denir bu bileziklere. Kamışın hassas bölgelerinde meydana gelebilecek çatlakları önlemek için kullanılır aslında parazvane. Kamışın budakları sekiz ya da on santime ulaşmışsa ney açmak için kâfi gelen olgunluğa ulaşmış anlamına gelir. Toplanan kamışlar iple havadar bir yere asılır ve kurutmaya bırakılır. Ancak güneş görmemesi çok önemlidir. Beş ay boyunca bu halde sararmaya terk edilir."

"Havadar ama güneş görmeyen yer mi?" dedim şaşkınlıkla. "Ne kadar çok detay var ve ne kadar da zor sağlanabilecek koşullar."

"Daha dur yeni başladık..." dedi Erkan gülümseyerek. "İnsanın olgunlaşma evresini de takip edin içinizden... Ney ile insan arasındaki ilişkiyi kendiniz görebilin isterim..."

Daha dikkat kesilmiştim. Gülümseyerek devam etti Erkan anlatmaya. "Sonrasında ikinci kurutma işlemi var. Bu kez iki taraftan da rüzgâr alabilecek bir ortama alınır kamışlar. Ayrıca kamışı bir yere yaslamamak lazımdır. Kalın tarafı aşağı gelecek şekilde dik tutulmalıdır. Böylece dokuz ay daha bekletilir."

"Dokuz ay..." diye tekrar ettim içimden.

"Sonrasında neyin ölçüleri alınır, üzerinde delikler yani perdeler açılır. Parazvaneleri takılır. Ses ayarı yapılır ve son olarak da arka perdesi açılır. Bademyağı ya da susamyağıyla yağlanır. Temiz bir bezle hafifçe kurulanır."

"Tam yedi bağlantı kuramadım ben..."

"Önce sazlıktan ayrılış..." dedi Erkan. "Sonra kamışın kabuklarından soyunması, ney haline dönüşebilecek yeterli olgunluğa ulaşması için anne karnı gibi güneşsiz ama uygun ısıdaki bir ortamda yeterince bekletilmeye bırakılması, neyin içinin açılması, boşaltılması ve hiçliğe ulaşması, nağmelerini ulaştırabileceği perdelerinin delinmesi, ona duruşunu kazandıracak olan parazvanenin takılması... Dikkat et kamış ilk kez bu duruşu kazandıktan sonra neye benzer, ney olur ve son olarak da hu sesiyle buluşması, böylece ruhlanarak ses vermeye başlaması..."

Gerçekten çok etkileyiciydi... "Ney adam seçer..." dedi Erkan. "Herkes ney üfleyemez. Eline aldığın gibi konuşamazsın onunla... Ney emek ister, sabır ister, inanç ister... Aksi halde ses vermez. Tasavvuf da böyledir. Tasavvuf felsefesi mutlu hayatın anahtarını pazarlamaz. Zorlu bir yolculuğun içinden huzurla geçip gidebilmeyi öğretir. Huzur da herkesin canı istediğinde dolaptan çıkarıp alabileceği bir eşya değil... Huzur için emek gerekir, sabır gerekir, ilim gerekir, anlayış gerekir, inanç gerekir..."

"Ne güzel söyledin..." dedim. "Oysa çağımızın haline bak... Ne kadar üzücü değil mi? Hemen, anında mutlu olmaya programlıyız. Hiç emek vermeden, sabır göstermeden, inanmadan... Çekmeceden çıkarıp almak kadar kolay olsun istiyoruz. Hemen mutlu ve huzurlu olalım. Alışveriş yapalım, kıyafetlerle, aksesuvarlarla mutlu olalım, turlarla gezilere gidelim, fotoğraflar çekip sosyal medyada paylaşarak mutlu olalım, en güzel kızlarla en zengin adamlarla mutlu ilişkiler yaşayalım mutlu olalım, herkes bizi onaylasın, çok başarılı çok ünlü olalım... Ama bütün bunlar için hiç emek vermeyelim. Sabır göstermeyelim, ilim öğrenmeyelim. Hepsi kendiliğinden gelip konsun tepemize. Sonra neden depresyondayız, neden yalnızız, neden psikolojik sorunlarımız var diye çareler arayıp duralım..."

Çaylarımız bitince "Celaleddin Dede neyi bilmeye hazır insanları gönderir buraya..." dedi. "Bu yüzden seni bu odaya davet ettim. Neyin hikâyesini aktardım sana..."

Çok memnun olduğumu söyleyip bu keyifli sohbet ve aktardığı değerli bilgiler için teşekkür edip tekrar görüşmek dileğiyle elini sıktım. "Muhabbetimiz sırlansın..." dedim.

Tebessüm ederek "Sırlansın tabii..." dedi.

***

"Birkaç saat içinde ne güzel bir insanlar tanıdın..." dedim kendi kendime.

Kötüler artık iyilerin peşini bıraksınlar, o zaman ne güzel olur dünya. Uzak dursunlar, ne umut versinler ne de incitsinler.

Ne incinmek istiyoruz ne de incitmek. Söyleyin o kötü insanlara, hüzünlü adamların peşini bıraksınlar artık. Ne umut versinler ne de umutlarla kurduğumuz o yollara hendek kazsınlar. Ne bizi yorsunlar ne de yorgun düşsünler.

Belki de inandığımızdan kaynaklanıyor hepsi. İyi insanların hâlâ bir yerlerde var olabileceğine inanmamızdan. İyidir deyip güveniyor ve kozları veriyoruz yüzümüze gülenlere. Söyleyin o yüzümüze gülenlere, hüznümüzle baş başa bıraksınlar artık bizi. Leyla'yı da Mecnun'u da kendi hallerine bıraksınlar artık.

Derdi Allah olmayan insanlarla anlaşmak gün geçtikçe o kadar güçleşiyor ki. Dünyanın bir imtihan yeri olduğu o kadar netleşiyor ki her tanıdığın insanda. Sanki şeytan arkasına çoğunluğu almış, dünyayı ele geçirmiş ve yeni doğan her çocuğun önüne Allah'a inanmayacağı bir hayat sunuyor. Müslüman doğanlar da kurtulamıyor bu işten. Onlara da "Allah var..." dedirtiyor ama sanki yokmuş gibi yaşatıyor. Yani inanmayan zaten inanmıyor, inanan da inandığını sanıp inanmayanlar gibi yaşıyor. Senin de kafanda yüzlerce soru var mı derttaş?

Sevgili dost, bazen yumuşuyor kalbim, alınıyorum gördüğüm her şeyden. Sanki herkes eksik yanımı biliyor gibi. Yürüdüğüm caddelerde dükkânlar sırasıyla eşlik ediyorlar yalnızlığıma. İnsan, en sevdiği yanında olmayınca eksik hissediyor. Denize alışmış bir şehirden denizin alınması gibi. Yeşilliği gidiyor, havası suyu gidiyor, sahilleri tenhalaşıyor. Keyfi kaçıyor insanın.

Bazen, okuduğum kitaplarda doğsaydım keşke diyorum. Bazen de anılarımda. Galata'da balık tutamamıştık onunla. Olsun o kadar hayal etmiştim ki tutmayı. Hayallerimdeki anılarımı bile özlüyorum. O yok ama bana inandırdığı o yolda yürüyorum. Ama hüzünlü bir yürüyüş işte. Ağır mı gelirdi dünyaya yanımda olman da çekip aldı seni benden?

Bazen yalnızlığımın bana hiçbir zaman yalnız olmadığımı anlatmaya çalıştığını düşünüyorum. Kimi tanıdıysam isminin yanında binlercesi geldi. Popüler bir okulda olması, zengin babası, gözlerinin rengi, ayakkabılarının markası, evinin semti. Herkes ismiyle birlikte bir şeyler taşıyor yanında. Yüreğini değil de sahip olduğunu sandığı şeyleri koyuyorlar ortaya.

Şöyle oturup üç beş laf edeceğimiz yalnız adam kalmadı sanki! Sahi nerede bu yalnız insanlar? Anlaşılma takıntısı olmadan konuşabilecek adamlar. Aklı başına sonradan gelmeyen mütevazı adamlar ve kadınlar neden terk etti bu şehirleri? Çok sıkıldık onlarsız. İyi ve güzel adamlar üzülür, ezilir ve ağlar oldu bu dünyada. Birileri görmüyor mu?

Çok şey var anlatacak. İnsanların bana bulaşmayacaklarını bilsem anlatırdım belki. Mesela bir bulut olsaydım diyorum bazen, anlatasım geliyor. Sonra bir şarkı yakalıyor beni kimseye anlatamadığım anılarımdan, bu sefer de susasım geliyor. O öğretmişti bana susmayı. Ben böyle biriyim işte, en fazla tebessüm eder ve en fazla susmayı severim. Öyle işte, anlatasından çok susası gelen biriyim.

Tutturmuşuz bir mutlu insan olmak. Oysa taptaze yeşil bir yaprağa, nemli ayaklarıyla yürüyen bir tırtıl bizden daha mı mutsuzdu? Yürüdüğü bahçelerde, yürüdüğünün farkına bile varmadan hemen sahiplenmeye çalışan bizlerden daha mu mutsuzdu o tırtıl?

"Allah" demeden başladığımız işlerin ortalarında sıkışınca "Allah!" dememiz kadar trajikomik bir mevzu olabilir mi? Dişin ağrımadan diş doktoruna gitmemeyi anlarım da başın sıkışmadan Allah dememeyi anlayamıyorum derttaş. Bunun izahını kim nereye yazabilir ve hangi gözler okuyabilir?

Sonra ne sonbahar uğrar oldu evimize ne de karlar eridikten sonra beklediğimiz ilkbahar. Öylece kalakaldık işte. Tutturmuşuz bir "mutlu insan" olmaktır. Adını aşk koymasaydık keşke bu yolun da kirletmeseydik yollarını bu kadim meselenin.

İşte görüyorsun, baharlar küstü bize ve baharın bile hakkını verememiş kalabalık bir güruha dönmüşüz. Bahçemizde taptaze, yeşil bir yaprağa nemli ayaklarıyla yürüyen o tırtıl bile halimize acıyor şimdi.

En azından eskiden filmlerde de olsa babasıyla balığa çıkan çocuklar izlerdik. Sonra göl kurudu, kayığa motor taktılar ve baba... Ba-Ba. Babalar da çocuklarını bırakıp gitti. O tutturduğumuz bir mutlu insan olmaktır, olmadı işte... Olamadık...

Tutturmuşuz bir mutlu insan olmaktır. Olmuyor. Güneş her sabah tepemize tırmansa da olmuyor. Ahşap eski işçilik hatası pencere aralıklarından sızsa da anlayamıyoruz. Işık sızıyor, biz sezemiyoruz. Güneş doğup batıyor biz anlamıyoruz. Gece gündüz oluyor; gündüz de gece. Siyah beyaz oluyor; beyaz da siyah. Ama biz bir türlü kul olamıyoruz. Tutturmuşuz bir mutlu insan olmaktır.

***

Ayrıldıktan sonra çaycıya gidip Cennet Dede'ye bakındım. Birkaç gündür görmemiştim onu. "Akşamüzeri gelir..." dedi çaycı. "Daha erken."

Bir bardak da çay bıraktı önüme... İçip kalktım hemen. Üniversitesinin çevresinde bir yer bulur otururum dedim. Yine okula yakın bir yerde tıpkı İstanbul'dakine benzeyen bir kitap kafeye gidip geldiğini anlatmıştı Fesleğen. Doğru zamanlamalar yaparsam denk gelebileceğimizi umuyordum. Kitapçılar, kafeler, pastaneler vardı etrafta. Hepsini biliyor olmalıydı Fesleğen. Belki de birkaçına uğramıştı.

Hava güzeldi, tatlı bir eylül esintisi vardı üstelik ne sıcak, ne soğuk. O da yürümeyi severdi çünkü. Bir başına dolaşmaya bayılır, saatlerce gık bile demeden uzun yollar kat edebilirdi. Okumak için, yazmak için, düşünmek için yürürdü en çok... Keşke bir köşeden çıkıverseydi önüme... "Ben de seni arıyordum nerelerdeydin?" deyip gülüverse yüzüme. Ağlasaydık birbirimize dokunmadan.

Ayrı geçen her anı yıllarla çarpıp giderseydik... Hiçbir şey sormasaydık birbirimize... Neredeydin, neden kayboldun, ne oldu da gittin, neden bulamadık birbirimizi, ne oldu da ayrı düştük? Hiç ama hiçbir önemi kalmasaydı bütün bunların... Kaldığımız yerden devam etseydik usulca... İçimiz rahat, gönlümüz ferah, aklımız temiz... Su kadar berrak ve güçlü akıp gitseydi ömrümüz birlikte...

Aklımda düşüncelerin yüküyle yürümekten bitap düşmüştüm artık... Şimdilik okula en yakın gibi görünen bir kitap kafeye girip oturdum. Kır kahvesinden bozma masaları ve ahşap sandalyeleri olan sevimli, sıcak bir mekândı... Dört duvarı da kitaplarla kaplı... Boş masalardan birine oturup ince belli bardakta çay söyledim. Müşterilerin çayı fincanlarda içtiğini görünce özellikle bardakta istediğimi açıklamak zorunda hissettim. Yanına da iyi kızarmış bir tost...

Bir süre öylece oturup bekledim. Duvarlardaki kitaplara baktım uzun uzun, gelip giden insan yüzlerinde aradım Fesleğen'i... Yok, yok, yok...

Yarım saat geçmişti ki güler yüzlü garson kıza sormak istedim. "İstanbul'dan bir arkadaşım vardı..." dedim. "Değişim programıyla bir yıl kaldı sonra Konya'ya döndü... Selçuk Üniversitesi'ne gidiyor. Onu arıyorum aslında..."

"İsmi nedir?"

"Aslında, ismini bilmiyorum..." dedim. Epey uzun sürdü bu üç kelimeyi söylemem. Kulağa saçma geldiğinin farkındaydım. İsmini bile bilmediğim biri için şehir değiştirmiştim ve bunu birine izah etmek gerçekten güçtü.

"Fesleğen..." dedim sonra. "Böyle bir isim duydunuz mu?"

"Hayır, ismi mi Fesleğen?" dedi.

"Ben öyle çağırırdım onu, belki duymuşsunuzdur..." dedim.

"Hayır ama sanki bir yerde okudum. Biri fesleğen adında şiirler ve yazılar yazıyor. Takip de ediyorum hatta..." dedi. Yanımdan ayrılıp birkaç dakika sonra geri geldi.

"Hatırladım..." dedi. "Seyyah diye bir yazar var fesleğen diye şiirler ve yazılar kaleme alıyor. O tanıyor olabilir. Belki dergiyi ararsanız ya da sosyal medyadan yazarsanız ulaşabilirsiniz ona."

"Eyvallah..." dedim kederli bir gülüşle... "Eyvallah... Yardımınız için teşekkür ederim..."

***

Saat epey geç olmuştu artık. Sahaf Baba dükkânı kapatıp kızıyla dönmüş olmalıydı evine... Cennet Dede de ayrılmıştır artık çaycıdan...

"Ah evet bugün sohbet günü..." diye geçirdim içimden. "Az daha unutuyordum..."

Doğruca Kapu Camii'nin karşısındaki kırmızı ahşap kapılı eve yöneldim. Konya da büyük bir şehirdi, kalabalıktı meydanlar. Neyse ki ben iyi insanlara rast geldim hep. Cennet Dede, Sahaf Baba, Celaleddin Dede, Neyzen Erkan, bunlar bir ömürde denk gelemeyeceğin özel ruhlar, özel zihinlerdi ki hepsi etrafımda, hayatımdaydı çok şükür. Fesleğen'in yokluğu dışında hayatımda her şey nasıl da yolundaymış gibi görünüyordu. Ama enstrümanın tek telinin bozuk olması gibi benim de gönül orkestramdan doğru sesler çıkmıyordu işte. Eksiktim... Bir teli kopmuştu sazımın. Bütün türküler arazlıydı bana şu saatten sonra.

Bazen tek başına saatlerce yürüyesi gelir insanın. Aslında istediği şey, yürümek değil de uzaklaşmaktır kalabalıklardan, gönlünün ısınamadıklarından. Çünkü insanın, ayaklarıyla yol almasından çok, yüreğiyle yol almaya ihtiyacı vardır. Gönlünde hayalini kurduğuna yakınlaşması lazımdır. Kafeden çıkıp sohbete doğru yola koyuldum, sanki Fesleğen'e yaklaşıyormuş gibi hissediyordum her adımda...

***

Sohbet grubu yeni toplanmış yerleşiyordu koltuklarına.

Teyze kapıda gülümseyerek karşıladı beni.

"Hoş geldin oğlum..." dedi. "Gençler gelince daha bir güzel oluyor buralar."

"Konuşulanlar herkesle ilgili tabii ki gelmeliyiz..." dedim. "Hem Cennet Dede'yi özledim. Günlerdir görmedim..."

"Yeni geldi..." dedi. "Geç içeri geç..."

Giriş kapısının sol yanındaki duvarın üzerinde bir yazı olduğunu fark ettim o sırada. İlk geldiğimde de dikkatimi çekmişti ama okumaya fırsat bulamamıştım. Betonun üzerine yazılı olduğu için kolay okunmuyordu ama denedim bu kez. Okuduktan sonra da "Ben bu yazıyı ezber etmeliyim..." dedim.

"Birlik Dükkânı" yazıyordu başlığında... Altındaysa şu satırlar sıralıydı:

"Her varlık, o dükkânda yoğrulup yapılmakta, orada sergilenmekte, satılmakta; orada yıpranıp gene potaya girmekte, yenilenmekte. Sebepler, sonuçları meydana getirmekte; sonuçlar gene sebepler haline gelip başka sonuçlar belirtmekte. Bu dükkânın bir ucu, dükkânı yapan kudret elinde; öbür ucu sonsuzluğa dek gitmekte ve gene o kudret eliyle sonu ön olmakta; her an yaratılmakta. Bu dükkânın alıcısı, satıcısının kendisi...

Mevlana Celaleddin-i Rumi..."

Bu kadar güzel tarif edilebilirdi burada gerçekleştirilen sohbetlerin insanda bıraktığı tesir. Sahiden de birlik dükkânındaymışım gibi hissediyordum kendimi buradayken.

Salona girdiğimde Cennet Dede'yi ahbaplarıyla selamlaşırken buldum. Hal hatır soruyorlardı birbirlerine. Beni görünce sevindi... Askerden yeni dönen torunuymuşum gibi bir heyecanla kavradı omzumu... Belli ki hiç beklemiyordu beni bu hafta. Geçen sefer mecburiyetten gelmiştim ne de olsa sohbete.

"Sizi göreyim istedim Cennet Dede..." dedim. "Buraya gelebileceğinizi düşündüm..."

"Bana geldin yani sen?" dedi üzülmüş gibi. Halbuki en çok buna sevinmesini beklerdim. Ama o sohbeti sevmiş olmamı tercih ediyordu anladığım kadarıyla. Elbette geçen seferki sohbetlerin tadı damağımda kalmıştı. Cennet Dede'nin bahanesiyle burada olmaktan keyif almadığımı söyleyemezdi.

"Geçen hafta doyamadım..." dedim. "Bu hafta bakalım neler öğreneceğiz?"

"Hah aferin..." dedi. "Gel yanıma otur."

Dervişlerden biri sevmenin güzelliğinden, saygıdan, sevgilinin gönlünü almaktan söz ediyordu, kulak kesildim. Hatta öyle güzel bir hikâye anlattı ki Fesleğen geldi aklıma.

Hz. Aişe, peygamberimizle yeni evlenmiş. Eşinin onu sevip sevmediğini merak ediyor ama... Sevgisini bilmek, anlamak istiyor kendince. Sonunda bir gün bu düşüncesini Peygamber Efendimiz'le paylaşıyor.

"Ey Allah'ın Resulü..." diyor. "Beni seviyor musun?"

"Evet, ya Aişe..." diyor peygamberimiz.

Lakin Hz. Aişe daha fazlasını bilmek istiyor. Eşinin gönlündeki yerini öğrenmek istiyor.

"Peki beni nasıl seviyorsun?" diye soruyor bunun üzerine.

Peygamberimiz sevginin şeklini tanımlıyor eşine:

"Kördüğüm gibi" diyor...

Bu cevap pek mutlu ediyor Hz. Aişe'yi... Çünkü kördüğüm açılamazdı, kopmazdı, dağılmazdı. Açılmayan, bitmeyen sırlı bir sevgi vardı aralarında demek.

Hz. Aişe aldığı cevabı duymayı özlediğinde zaman zaman hatırlatmaya başlamış eşine.

"Ey Allah'ın Resulü, kördüğüm ne âlemde?" Peygamberimiz, Hz. Aişe'yi memnun eden cevabı vermiş her defasında:

"İlk günkü gibi..."

Duygulanmıştım bu hikâyeyi işittiğimde. Fesleğen'i ilk gördüğüm günü düşündüm... Onun bende yarattığı ilk etkiyi, sonrasında bir orman yangınına dönüşecek olan o ilk kıvılcımı düşündüm... Araya bunca zaman, bunca soru işareti ve belirsizlikler girmiş olmasına rağmen, sanırım ilk günkü kadar gerçek, ilk günkü kadar kuvvetli ve ilk günkü kadar tazeydi Fesleğen'e karşı hislerim... Birbirimizden bunca uzak düşmeseydik de aynı duyguda olurdum sanıyorum. Fesleğen eskimeyecek bir his... Yaşandıkça tükenmeyecek hakikat...

Sonra dervişlerden biri İbrahim Ethem'in hikâyesini anlatmaya başladı.

"İbrahim Ethem, bir gece sarayında mışıl mışıl uyurken tavandan sesler geldiğini işitip uyandı. Yerinden fırladı... Saray damında kim dolaşıyor olabilirdi ki bu saatte, meraklandı. 'Kimdir o?' diye gürledi. Çok geçmeden bir ses geldi. Köylülerden biri 'Ey cihan şahı! Devemi kaybettim. Ben fakir, müflis, yaşlı bir kişiyim!' diye karşılık verdi sarayın damından.

İbrahim Ethem aldığı cevap üzerine başladı gülmeye. 'Sarayın damında deve ne gezer?' dedi. Sonra ikinci cevap geldi köylüden. 'İyi bahtlı genç! Hiç aranır mı Allah, tahtta yatmakla, yiyerek, uyuyarak ve rahatına bakarak? Sen o rahat yatağında Allah'ı ararsan ben de damın köşesinde deve ararım!'

Bu sözler, İbrahim Ethem'i öyle düşündürdü ki, artık dünyadan feragat etti. Menzil, makam ve mevkilerinden uzaklaşıp inandığı yola girdi. Sonra değil bir şah, Allah dostu olarak hatırlandı.

Okullarda öğretilmez ama bizlere öyle sırlı altı nasihat bıraktı ki, hiçbir şey bilmesek sadece bunlara hâkim olsak bile yeter erenler:

Bir, günah yapacağın zaman Allah'ın sana verdiği rızkı yeme.

İki, Allah'a asi olmak istersen, O'nun mülkünden çık. Mülkünde olup da ona isyan etmek uygun olur mu?

Üç, O'na isyan etmek istersen, gördüğü yerde günah yapma. Görmediği yerde yap. O'nun mülkünde olup, verdiği rızkı yiyip, gördüğü yerde günah yapmak uygun olur mu?

Dört, can alıcı melek, ruhunu almaya geldiği zaman tövbe edinceye kadar izin iste. O meleği kovamazsın. Şimdi kudretin var, gücün kuvvetin yerinde iken tövbe et. Tövbe edilecek zaman bu zamandır. Zira ölüm çok ani gelir.

Beş, mezarda Münker ve Nekir ismindeki iki melek, sual için geldiklerinde, onları kov seni imtihan etmesinler. Soran kimse, 'Buna imkân yoktur...' dedi. İbrahim Ethem buyurdu ki: 'Öyle ise şimdiden onlara cevap hazırla.'

Altı, kıyamet günü Allah, 'Günahı olanlar cehenneme gitsin' diye emredince 'Ben gitmem' de. Sözünü dinleyecekler mi? Hayır. O halde şimdiden gitmemek için günahlarından tövbe et."

Sohbet sırası Sahaf Baba'daydı şimdi... Ama önce Anadolu'daki okullarda açılması gereken kütüphanelerden söz etti dostlarına. Birlik Dükkânı da üzerine düşeni yapacaktı bu konuda, bazı kütüphanelerin mobilya ihtiyacı da vardı çünkü. Herkes ne kadar da hazırdı yardıma. Duygulanmıştım onların bu yardıma hevesli, sıcacık, babacan hallerini görünce. Sahiden de kapısında yazdığı gibi bir birlik dükkânıydı burası...

Her şey birdi burada. Eğitim de konuşulurdu, tasavvuf da. Derdi olanın derdine yetişilir, çareler aranırdı muhakkak...

Kalkıp hepsinin mübarek ellerini öpmek istedim bir an. "Ne güzel insanlarsınız..." demek istedim. Fesleğen'e kördüğüm olmuş olmam ayrı bir hayat tecrübesiydi benim için kabul ama bu gördüklerimin de yaşamımın sınavı olmadığını kim söyleyebilirdi ki bana?

***

Sokaktan insanları çevirip hayallerinin bir listesini yapmalarını istesek, eminim her yaştan insan bir iki satır yazar mutlaka. Her yıl aynı insanlarla listeyi yenilesek inanın liste uzadıkça uzar, sayfalar yetmez yazmaya. Çünkü insanın ihtiyaç listesine her gün yeni şeyler ekleniyor. Her deneyimde değişiyor fikrimiz... Her arkadaş, her iş, her sınav, her sevgi... Hepsi yeni davranışlar, yeni düşünceler, yeni fikirler kazandırıyor insana.

Lütfen dikkat edin erenler, dünyada hiçbir şeyin asgarisine razı olamıyoruz. Kim bir göz odaya razı? Sağlıklı ayaklarımıza şükretmeyi bırakın, bir araba bile yetmiyor, daha fazlası ve daha havalısı peşindeyiz. Ben bir eve razıyım diyen bile genelde o ilk evi alana kadar söyler bunu. Ardından çocuklara kalır, torunlara kalır diye başka evler de almayı hayal eder. Yazlık yetmez, kışlığı da ister. Sevmek yetmez, yenisini ister, daha iyisini bekler, daha güzelini kovalar.

Hiçbir şeyin asgarisiyle yetinmiyoruz. Büyüme hedefimiz olmasın, hırsımız olmasın demiyorum. Ama bir mantık hatasını göstermek istiyorum. 60 yıllık bir dünyada hiçbir şeyin asgarisi bizi tatmin etmezken sonsuz bir yaşam için cumadan cumaya Müslüman olmak bize yetiyor. Fark ettiniz mi?

Ramazandan ramazana oruç tutmak yetiyor. Ucu ucuna hesap edip, zoraki zekât vermek yetiyor. Ağırlıklı olarak, gelenekten kaynaklı bir baskıyla dolup taşan bayram namazları ama aynı günün vakit namazlarında camilerin bomboş oluşu. Bu bize bir dine değil bir kültüre inandığımızı gösteriyor erenler. Zaten bizim namazımız ne kadar kabul görüyor Allah bilir. Hızlıca bir abdestten sonra neşesiz, ruhsuz bir niyet ve tekbirle birlikte faturaları ödüyor, komşunun aldığı yeni arabanın fiyatını hesaplıyor, acaba maaşları ne bunların diyor, yazlığa gitmeye ne kadar kaldığını düşünüyor, arabanın sigortasını yatırmış mıydı bizim oğlan diyoruz. Yani namazda, namaz dışında her şeyi yapıyoruz.

60 yıllık bir hayata hiçbir şey yetmiyor ama sonsuz bir hayat için asgarileri yapıp kendimizi evliya sanıyoruz. Allah'a yolculuğumuzda her şeyin asgarisi yetiyor bize.

Hz. Ali'ye sormuşlar "Malın ne kadarı zekât verilmelidir?" diye. Hz. Ali cevap vermiş: "Kimin için soruyorsun?" Adam şaşırmış, "Ey Ali kimin içini mi var? Adamına göre değişir mi zekât? Bana göre nedir, onu söyle?" demiş. Hz. Ali, "40'ta 1'i kadar" demiş. "Peki sana göre nedir?" demiş adam, "Hepsi..." demiş Hz. Ali.

Dağın yamacında ayaklarınızla ilerleyebilirsiniz erenler. Biraz eğimlidir ama ayaklarınızla çıkabilirsiniz o yokuşu. Ama ilerledikçe artık ayaklar yetmez, elleri de kullanmak gerekir. Şimdi dağa çıkmak için ne gerekir diye sorsak sadece el ya da sadece ayak diye cevap veremeyiz. Bir yere kadar ayak, bir yerden sonra da el demek lazımdır. Biz daha yolun başındayız. Her şeyin asgarisindeyiz. Her şeyin planına, taktiğine çalışıyor kafamız. Bizim sorunumuz yola ait olmamak, yola teslim olmamak. Bunu hak etmek içindir bu koşturmamız, insanlara fayda üretmemiz, gençler için koşturmamız.

Dervişlerden biri anlatmıştı bunu... Çok etkilenmiştim. Üzerine yorum yapmak istedim ama durdum sonra. Kalbimi dinledim. Âşığın yolu ille maşukuna çıkardı ne de olsa... Meclise değil ama akşam kâğıda dökmek üzere kalbime seslendim:

"Her şeyin asgarisine talip olunca, sevmenin de asgarisi düştü nasibimize."

***

Ruhumu ait olduğu yere, muhabbetlere teslim ediyorum:

"Her şey birdir. İnsanın gözüne çok sayılı gözükse de her şeyin aslı birdir. Allah'tandır her şey.

Bir adam helva, ekmek ya da meyve yemek istiyorum der. Burası çok gibi gözüküyor ama aslında tektir. Adamın derdi açlıktır. Açlığını gidermek için sayıları söyler. Bir şeyler yiyip doyarsa o sayıları istemez.

Eren kişiye bir derler, halka ise çok derler. Bundandır işte. Hakikate varan kişi bir olur. Birin peşinden gider. Ama bilmeyenler bir sürü şeyin peşinden gider. Ev isterler, yetmez, yazlık ev isterler, yetmez, çocuklarına bırakmak için ev isterler. Bir ayakkabı yetmez birçok isterler, bir kişiyi sevmek yetmez başkalarına da göz gezdirirler. Arabalarının da, heveslerinin de, paralarının da sayıları fazladır ve hep daha fazlasını isterler.

Tüm bu dünya gelir geçerini istemelerinin sebebi nedir? Açlık. O açlıktan dolayı mütemadiyen isterler. Peki nasıl kurtulacağız bu istemekten?

En sevdiğin yemeğe olan bakışını bir açken hayal et bir de tokken. İnsan tok olunca bir işe, canı çekmez, ona meyletmez hiç. Karnımız açken yemek yediğimizde doyuyoruz, peki aç olduğumuz bu dünyaya karşı ne yapacağız da doyacağız? Dünyanın yemesi bitmeyeceği için yemekle değil bilmek ile doyulur. Dünyayı bildiğinde dünyaya açlığın kaybolur.

Doyan kişi istemez. Dünyaya doy. Bu gelip geçici devranın kimseye kalmayacağını, ancak yaptığın iyiliklerin sana kalacağını bil.

Bir yolcu gibi bu dünyada biraz kestirip gideceğiz. Gideceğiz de heybemizde nelerle gideceğiz. Bizi doyurmayacak dünyadan kurtulup, doyacağımız şeylere talip olmamız gerekir.

Dünya, koca okyanustaki bir köpük gibidir. O köpük, dalgaların kükremesiyle oluşur. Yani kendinden de bir şey yoktur aslında orada. Dalgaların halinden gelen bir şeydir köpük. Yani köpük güzel olamaz, başka bir yerdendir o güzellik. Güzel, olsa olsa denizdir.

İnsan bu denizin içindeki hakikatin peşinden gitmez de bir kap köpükle yetinir. Aç gözlerini de kısa bir ömür taşıyacağın bir yükün değil, sonsuz bir âlemde yaşayacağın okyanusun peşine düş. Düş ki nefes alasın, düş ki kıyıda parmak uçlarında yürümek yerine bir hakikat okyanusuna dalasın."

***

Pür dikkat kesilmiş anlatılanları dinliyordum. Çok konuşulmayan ama bizimle en çok alakası olan şeylerdi. Cennet Dede'nin sesinin insanların içindeki telaşı yatıştırır bir yapısı vardı.

"Herkesin içinde, içimizde, her insanda bir savaş var. Bitmek tükenmek bilmeyen bir savaş. Bunu iki kurdun savaşına benzetelim dostlar. Bu kurtlardan birisi korkuyu, öfkeyi, kıskançlığı, üzüntüyü, açgözlülüğü, kibri, küskünlüğü, yalanları ve üstünlük taslamayı temsil etsin.

Diğeri ise huzuru, sevgiyi, umudu, cömertliği, dinginliği, alçakgönüllülüğü, nezaketi, yardımseverliği, dostluğu, anlayışı, merhameti ve inancı temsil etsin.

İşte bu iki kurt arasındaki savaş doğduğumuzdan beri hep sürüyor. Bazen ilk kurt galip geliyor ona dönüşüyoruz, bazen de diğerine. İnsanlara herhangi bir hallerinde baktığınızda o an içlerinde hangi kurdun üstün olduğunu anlayabilirsiniz. İçimizde hep savaş halindeler."

Gençlerden biri, "Hangi kurt kazanır peki Cennet Dede?" diye sordu.

Sahaf baba cevapladı: "Beslediğiniz."

Öyleydi. Neye talipse insan o kurdu besliyordu ve zamanla o kurt o insana sahip oluyordu. Sanırım ihtiyacımız olan şey cerrahi müdahale. Ama bayıltılarak yapılan müdahalelerden değil çünkü insanın bedenine ameliyat lazımsa uyutulmalı, ruhuna lazımsa ayıltılmalıdır.

Gençlere dönerek "Hakikati bulmuş bir insana ne derler gençler?" diye sordu Sahaf Baba. Sonra sessizliği uzatmadan, "Size bir kıssa ile anlatıvereyim mi derviş kime derler?" dedi.

"Devesinin üzerinde çölde yolculuk etmekte olan bir derviş, güçlükle yürüyen, susuzluktan dudakları kurumuş bir adama rastlamış. Derviş devesiyle yaklaşınca, adam dervişten su istemiş. Derviş de Allah'ın misafiri deyip devesinden inmiş ve heybesinden ona su vermiş. Suyu içen adam birden dervişe vurup yere düşürerek deveye atladığı gibi kaçmaya başlamış. Derviş biraz kendisine gelmeye çalışmış ve adamın arkasından bağırmış:

'Tamam, deveyi al git ama bir ricam var, sakın bu olayı kimselere anlatma!'

Bu isteğe anlam veremeyen hırsız biraz ilerde durmuş ve dervişe neden böyle söylediğini sormuş:

'Eğer anlatırsan...' demiş derviş. "Bu her yere yayılır ve insanlar bir daha çölde muhtaç birini görünce güvenmeyip yardım etmezler. Anlatma ki senin hilen burada kalsın, gariplere, mazlumlara bulaşmasın.'

İşte gençler, bir derviş gibi olmak lazım. Derdimiz deve değil de, iyiliklerin güzelliklerin yayılması olmalı."

***

"Konuşacak çok konu var, anlatıp anlayacak çok kıssa var dostlar..." dedi Sahaf Baba. "Ömür verdikçe koşmaya devam edeceğiz. Dünyada kalmayacak güzellikler üretip insanlara iyilikler yayacağız. Tüm bunları düşünmek ve yapmak güzel. Belki bazen kafanız karışıyordur, bir şey kaçırıyor muyum, hayatın gerisinde kalıyor muyum diye düşünüyorsunuzdur.

Başınıza gelir bazen hiç ara vermeden bir iş üzerinde çalışırsanız, basit birçok şeyi göremezsiniz. Kolay bir problemin içinden çıkamazsınız. Peki bu sürede ya bir şey kaçırıyorsak?

Hadi bunu da bir hikâyeden öğrenelim:

Bir gün bir kral, kölesini uzak bir köye, bir çuval un almaya gönderir. Bunu al ve gel der. Köle yola çıkar. Uzun yolculuğunda başına birçok şey gelir. Köye vardığında da sıkıntılar yakasını bırakmaz, birçok şeyle meşgul olur. Yeri gelir âşık olur, yeri gelir bir ticaret bulur. Haftalarını orada geçirip bir dünya telaşına düşer. Sonunda parası da kalmayınca kralın sarayına geri döner.

Kralın karşısına geçer ki eli boş. Kral, un nerede diye sorduğunda yolculukta ve vardığı köyde başına gelenleri anlatır. Anlatır, anlatır. Kralın tek dediği şey 'Başını vurun!' olur...

Tek bir şey için bir yere gittiysen, yüz tane başka şey yapsan ve o tek şeyi yapmadıysan fayda etmez. Ne için gönderildiysen, onu yapacaksın. Ne için geldik bu dünya köyüne? Ne almaya geldik, ne yapmaya geldik? Hadi, onu yapalım, onu arayalım, onu alalım. Yoksa diğer yüz şeyin bir anlamı olmayacak. Onu unutmak olmaz. Her şeyi unutmak olur, onu olmaz.

Biri bize sorduğunda ne için geldin bu dünya köyüne diye, ne için geldiysek onun için yaşadığımızı söyleyebilmeliyiz dostlar...

***

Çıkışta Cennet Dede'yle biraz sohbet edip hal hatır sorduk birbirimize. Sonra ayrıldım Birlik Dükkânı'ndan, bana emanet edilen sahafa dönmek üzere.

Aklım çok karışıktı bu akşam... Kafamın içinde bir hayvan sürüsü yürüyordu adeta. Bir yanım daha da derinleşmeyi arzu ederken diğer yanım Fesleğen için kitap yazmaya teşvik ediyordu beni. Bir yanım İstanbul'a dönmenin vakti geldi gibi hissettiriyor, diğer yanım biraz daha aramaktan yana... İçim allak bullak bir halde çatı katındaki odamda gökyüzüne bakan masamın başına geçtim.

Kafamdaki düşünceler ve duvarımdaki uçurtma ile sanki dışarıdan daha çok gökyüzü olmayı hak ediyordu odam. Bugün hava kapalı biraz, yıldızsız bir gece... Gökyüzüne gözlerimi kısarak bakıyorum yine de hiçbir parıltı hissedemiyorum.

Bilmiyorum neden. Yoksa yıldızlar da mı bırakıp gitti beni? Fazlasıyla karanlık gökyüzü bu gece! Küçücük bir çocuğun elinden nasıl kıyar da alırsan kırmızı arabasını işte o kadar bu gece...

Ayarını zor yaptığım eski bir radyo var burada, şanslıydım ki pek uğraştırmadı bu sefer... Üstelik en sevdiğim şarkı çalıyor. Geceleri öyle ağır bir yalnızlık yükü altında eziliyorum ki sanki ciğerlerim sökülmüş yerinden, sanki kalbim durmak üzere. Saçlarına kırlar düşmüş yaşlı adamların gölgeli hüznü var gözlerimde.

Bir haber işittim radyoda... İnsanlık var olduğundan beri Dünya'ya en yakın yıldız bu gece geçiyormuş...

Evinde bir kitabı olmayan insanlarsa ekran başında diye düşündüm. Boncuklu çeyizler içinde bir kitapları var, yan odada bekliyor yıllardır. Heyecanlanıyorlar bu gece, yıldızlar yakınlaşsa da parıltısını görsek diye...

Hayatı bir türlü anlayamayışımı o en yakın yıldız da görüyor mudur acaba? Belki o da hak veriyordur bana. "Bu insanlar nereye bakıyor böyle?" diye düşünüyordur. Yaşam reçetesini zahmet edip okumayan biri, yıldızların ziyaretinden ne anlayabilirdi ki?

Yan odadaki meseleyi anlayamamış bir adam, Şirince'de meselenin çözüleceğini sanıyor.

Oysaki bilmiyordu adam, yerle göğün birleşmesinden daha büyük bir kıyamet, evin diğer odasında parlak kumaşlara sarılarak kaldırılmış o kitabı hiç açıp okumaması yüzündendi.

Bir gün yıldızlar da onları anlamayı beceremediğimiz için bizden umudu kesip gecelerimizi süslemeyi bırakacak diye düşünüyorum. Bu gece yıldız yok... O halde uykusuzluktan başım düşene kadar kendi gökyüzümü yazacağım kâğıda...

***

00.30, Dedemden öğrendiğim gibi...

Yıldızların olmadığı bir gece ve onlardan tüyo almadan yazdığım sayfalar dolu önümde. Kitaplarla dolu ancak bana yer kalmış bir sahaf dükkânından yazıyorum size.

Alt kata karargâh kuran karıncaların hiçbirini öldürmedim. Duvarın içine şehir kurduklarını düşünüyorum. Kıyamıyorum. Ben sevdiğimi getiremedim buraya, sevdikleriyle gelenlere dokunamıyorum.

Arada geziyorum, alıştım buralara, alt sokaktaki kahvenin müptelası boyacı Şahin Amca bir çift ruganı bitiremeden gitmiş tur atmış eve dönmüş oluyorum. Dedem bana bir günlük bırakmıştı, pazar sabahları kahvaltıdan sonra huy edindim, onu okuyorum.

O zamanlar askerlik üç seneymiş. Severmişsin, askere gidermişsin dönebilirsen evlenirmişsin. Dedem denizaltında erlik yapmış, şehit olmaktan değil de toprağa gömülememekten korkarmış. Ninem üç sene beklemiş onu. Tek bir haber, tek bir mektup almadan tam üç sene beklemiş. Dedemin nineme mektuplarından karalamalar var günlükte.

O zaman, sevmelerin içinde samimiyet varmış. O zaman, sevmelere sahip çıkılırmış. Görmeden, duymadan, haber bile almadan tutulurmuş verilen sözler. Şimdiki gibi kaç kişiyi idare edebiliyorsun muhabbetleri dönmezmiş gençler arasında. Sevmek demek, yan yana gömüleceği kişiyi seçmek demekmiş.

Kurulacak çok güzel cümlelerim yok aslında dünyaya, dedemin anılarından başka. Bir gün, yani ayrılacağım o gün, biraz kırgın gideceğim bu dünyadan. Yağmuru, yağmurdan önce ve sonraki toprak yolları, demini almış harmanlı çayı özleyeceğim, bir de tüm bunları bana sevdiren avuçları fesleğen kokulu yârimi. Belki kimseye anlatamadıklarımı, kâğıtlara döktüğüm şiirlerimi.

Ve gittiğim zaman, artık kıvrılıp yokuş yukarı çıkan bir yolun yamacından bakacağım Karadeniz'e ve onun oğulları limana, yosun tutmuş halatlarla bağlı sürekli gıcırdayan kürekli kayıklara. Ve bekleyeceğim, dedemden öğrendiğim gibi sabırla bekleyeceğim...

***

01.15, Sevgili derttaş...

Bazen her şeyin tamamen bitmemesi için bir süreliğine ara vermek lazım. Tamamen durmamak için arada duraklamak, mola vermek lazım. Dostluklar da böyle sevdalar da. Bazen sakinlik lazım. Biraz yavaşlamak. Biraz durmak. Tamamen ayrılmamak için bir süreliğine ayrılmak lazım.

Yalnız kalmak lazım bazen. Sahi en son ne zaman kendinize bu ziyafeti yaşattınız? Yalnızlığı? Sükûneti?

Şöyle cidden sessiz kimsesiz bir ortamda en son ne zaman hayatı ve yaptıklarımı düşündüm, bilmiyorum. Ne zaman dinlemek de anlatmak da bana düştü, hatırlamıyorum.

Gözlerim ağrıyor ne zamandır. İnsanları izlemekten, onları anlamaya çalışmaktan. Gelenden, gidenden, koşandan, göçenden... Ne oluyor etrafta, bilmiyorum. Takip etmeyi kendime yakıştıramadığım bir kalabalık akıyor sağımdan solumdan. İçlerine katılırsam yok olacakmışım gibi geliyor. Bir insan sevdiğine nasıl sarılır bilirsiniz, işte öyle sarılıyorum ben de yalnızlığıma. Sessizliği dinlemek en büyük hobim. Sessizlik çok şeyler anlatır insana. Bir de hava kararmışsa, dertsizler uyumuşsa dökülür göklerden kararlar, manalar. O manalar hüzünlü yüreklere ne de iyi gelir.

Vakit akıyor, sınırlı ve her geçen gün azalıyor. Kaçırdığımız şeylere tekrar fırsatımız olmayabilir. Birlik Dükkânı'ndan bir kıssayı da not düşeyim şuracığa:

Bir hoca, öğrencisiyle giderken köye yaklaşınca duraklarlar. Hoca öğrencisine köyün çeşmesine gidip testiyle su ve erzak getirmesini söyler. Kendisi de bir söğüt ağacının dibinde nefeslenecektir.

Öğrenci, köye doğru yola çıkar... Su ve erzak alırken bir kız görür ve ona vurulur. Kız dünya güzeli... Ceylan gözleri genci büyüler... Genç su ve erzak alması gerektiğini unutur artık. Kızın da gönlü ona kayınca genç dayanamaz, gidip babasından ister onu. Babası da kızı verince evlenirler. Yıllar geçmiştir aradan, çocukları da olmuştur. Hepsi mutlu mesut büyürler. Aile büyümüş, kalabalıklaşmıştır. Çocuklar belli bir yaşa gelince onlar da evlenirler tabii... Her biri kendi yuvasına çekilir.

Öğrencinin yaşı iyice ilerlemiş evindeki canlılık her geçen gün biraz daha azalmaya başlamıştır. Etrafındaki yaşlı insanlar da Hakk'a kavuşur. Sevdiklerinin sayısı zaman içinde azalır. Sonra bir gün öğrencinin dünya güzeli eşi de amansız bir hastalığa yakalanıp vefat eder. Hayatındaki herkes bir bir gitmiştir.

Güzel karısının cenazesini defnettikten sonra ıssızlaşan evine geri döner ve "Eyvah!" der. "Ben ne yaptım?" diye feryat eder. Yıllar önce hocası onu su ve erzak almaya göndermiş ama kendisi dünya telaşına dalınca verdiği sözü unutmuştur.

Can havliyle koşa koşa söğüt ağacının yanına gider, bir de bakar ki hoca hâlâ ağacın dibinde oturuyor.

Öğrencisini görünce "Nerede kaldın oğlum?" der. "Az kalsın ben de gidiyordum."

Biliyor olmamızın hayatımıza hiçbir katısı olmayan şeyler uğruna zamanımızı kaybetmeyi göze alabiliyoruz da en kıymetlisini unutabiliyor, ihmal edebiliyoruz işte... Asıl sorumluluğumuzu...

Neyi unuttuğuna dikkat etmeli insan, geri dönüşü olmayabilir çünkü...

***

03.10, Sevdiğin kadar sabredersin

Aylar olmuş, yıllar olmuş görmeyeli, nerede olduğunu bile bilmeyeli sesinden soluğundan bihaber takvimler biteli.

"Nasıl sabrediyorsun?" diyorlar.

Alıştık. Ayrılınca ayrılıkları da üzerimize alır olduk. Yani ayrılıktan ayrılmadık, ayrılık bizde kaldı. Onsuzluğun getirdiği gözyaşları gibi, birlikte yürüdüğümüz bütün sokaklara yazılmış anılar gibi, bu ayrılık da bize düştü. Biz de payımıza düşene sahip çıktık işte. Ne olacaktı, isyan mı edecektik verdiğini geri alana? Tebessüm vaktine inanıyorsak hüzün vaktine de inanmalıydık.

Geldi, hakkını verdim, tebessüm ettim. Gitti, artık hüzne bulanmak acı değil, hakkını vermekti. Hüzne bulandık, hakkını verdik bu ayrılığın.

Sonu kavuşmayla biten filmlerle büyütüldük biz. Kimse demedi ki ayrılık vardır, sabır vardır. Hep bir mücadele, sitem, isyan... Kişiliği oturmamış insanlardan, başlarına gelen dertlerde hep isyan etmelerini bekledik.

Yolu belli olanlar için, Allah'ı arayanlar için ayrılıklar bir bitiş değil ki. Yani kavuşmayı, dokunmak; ayrılmayı da dokunamamak saymayız ki biz. Bizim böyle basit planlarımız olmamalıdır. Biz daha ilk başta görmediğimiz bir şeye inanmaya, ona yürümeye, ona kavuşamadan rahat edememeye talip olmuşuz.

Biz o yolda nasibimize ne düşecekse eyvallah demeye razı olmuşuz. O güzel kokulu kadın, bir gün bana sormuştu:

"Ne kadar sabredebilirsin?"

"Neye?"

"Neyi seviyorsan, ondan ayrılmaya."

"Bilmiyorum, ölçülemez bu."

"Ölçülür. Ne kadar seviyorsan o kadar sabredebilirsin."

Evet, öyle demişti Fesleğen: "Ne kadar seviyorsan o kadar sabredebilirsin."

"Nereden çıktı şimdi bu?" demiştim. Yutkunmuştum içimden. O gece uyuyamamıştım ya bir gün giderse diye. En çok da sabredememekten korkmuştum. Bekleyememekten, dünyaya, eski halime geri dönmekten korkmuştum. Öyle güzelleşmişti ki onunla hayatım.

Ve oldu işte. Gitti. Vakit, ne kadar sevdiğini ispat etme vakti. Vakit, sabretme vakti. Vakit, güzel sözler yazmanın ötesine geçip güzel yaşama vakti.

Sevmek; tenden, görmekten, sesten öte bir şeydir. Mesafeleri de ayrılıkları da içine alır.

Evet sevgili dost, insan ne kadar severse o kadar sabredebilirmiş. Öyle demişti. Sen de onu ne kadar sevdiğini sorma artık kendine, onsuzluğa ne kadar sabredebileceğini sor.

Ne kadar seviyorsan ancak o kadar sabredebilirsin. Ve sakın unutma, ne kadar sabrettiysen o kadar fazla kavuşacaksın.

***

02.02, Biriktirdik içimizde

Biriktirdik içimizde. Ne var ne yok hepsini içimize attık. Birikti, birikti...

En son okuduğumuz romanda, işlerin istediğimiz gibi gitmemesi meselesini bile biriktirdik içimizde. Kitaplarda ezilenler oldu, biz burada ağladık. Ne kadar ince olunabiliyorsa o kadardık işte, kopacak gibiydik. Ve üzerimize geldikçe geliyorlardı. İnceyiz dedikçe daha çok geliyorlardı.

Çocuktum, yarım yamalak hatırlıyorum siyah beyaz televizyonları. Ne izlersen izle, bir hüzün hâkimdi kanallarda. Bir çocuğun çöpten aldığı ekmeği ufacık elleriyle temizlemeye çalışıp annesine götürdüğünü görmüştüm. Çocuktum, yirmi sene geçti belki aradan ama bendeki o bakış geçmedi hiç. Her geçen eylülde daha da büyüyor içimdeki o zavallı çocuk.

İşte böyle mahcuptu bizim yüreğimiz hep, oysa ezilenleri de biriktirdik nihayet içimizde. Ezenlere ses etmedik Allah'a havale ettik içimizden. "Allah görüyor, Allah biliyor..." deyip sakin tarafımızda biriktirdik onları da.

Geleceğim deyip giden ve hiç gelmeyenler çok birikti içimizde. Seviyorum diyenlerin zor günlerimizde bize sahip çıkmasını bekledik mesela. Sahip çıkmamaları da biriktirmiş olduk içimizde. Ellerine sağlık onlar da olmasa nasıl taşacaktık?

İşi düşünce arayan, işimiz düşünce yok olanlardan adam olmalarını bekledik. Sol yanımızı emanet ettiklerimizin bizi emanet bilmesini bekledik. Sevda sandıklarımızı, yüreğimizden atamadıklarımızı ve türlü türlü kör işleri biriktirdik içimizde.

Yakışsın bekleyişim senin gelişine diye, sevmenin manasını gözlerimden taşıra taşıra bekledim. Kalemime değdi ismin sevdiğim, artık çoktan sevilmekten öteye geçtin...

Bir insanın kalbi ne kadar temizse, o kadar temiz kalpliler nasip oluyor kalbine. Peki biz nelere talip olduk da böyle kirlendi bu dünya? Nelerin peşinden koştuk da böyle bozuldu gençlik? Neye talip olduk ki güzel şeylere sahip olamadık?

İnsan, güzel hatıralarını yıldızlara mı not alır? Vakit karanlığa değdi mi anıları canlanıyor insanın. Bu gece de içimizi döktük olabildiğince. Susma, yüreğimizde sevdiğimizi dileme vakti. Kim bilir, karşımızda göremediğimizi, belki rüyalarımızda görürüz...

Uyumak, ancak birkaç saat için unutmak. Sevdasını, sevmeyi, bitiş ve kalışları yüreğinde saklayanlar için...

5. Bölüm

Uçurtma, Şebi Aruz, Ayrılık, Gölge, Yoksa?

İnsanın ihtiyacı olan şey eşya değil,
kendini bilmektir.

Konya, Şebi Aruz vakitleri...

Haftalar boyunca hemen hemen her cumartesi sohbetlerde buluştuk Cennet Dede'yle. Elini üzerimden hiç çekmedi. Sadece benim üzerimden değil bu civarda ihtiyacı olan kimsenin üzerinden çekmedi ilgisini de sevgisini de. Nerede küsler var barıştırdı, nerede çatlayan yuvalar var onardı... Kız istemek için büyükleri olmayanların atası oldu, aracılık etti hayırlı işlere. Usulüne, erkânına göre sebeplendirdi hepsini. Kimi baş göz ettiyse huzur yuvasına dönüştürdü yeni evlerini.

Arada sahafa da uğrar dükkânı yoklardı Cennet Dede. Bilmezdim benden açılır mıydı konu ama Sahaf Baba'yla dükkânda çay içip keyfiyle sohbet ederlerdi saatlerce. Herkesi herkesten kollardı. Buraların koruyucu meleği gibiydi adeta.

Sahaf dükkânına başka katkılarım da olmuştu zaman içinde. Bir kitap bağış köşesi yapmıştım mesela. Bir sandık koydum dükkâna. Bu sandığa bırakılan kitapları ihtiyacı olanlar gelip alabiliyorlardı. Veren de alan da parasına karışmıyor, her şey gönül usulüyle dönüyordu. Sosyal projeler konusunda hassasiyetini bildiğim Sahaf Baba bu gibi fikirlerimle beni daha da sevip benimsemiş, bana "oğlum" demeye bile başlamıştı.

İstanbul'daki dergiyle de temasım kopmamıştı elbette. Hemen her hafta bir yazı dosyası yolluyordum onlara. Üstelik artık bilgisayara geçmek zorunda kalıyordum yazılarımı. Editör Sevinç dalga geçiyordu benimle, "Gördün mü hayat denen bilinmezi, sonunda sen bile mail kullanmak zorunda kaldın, teknolojiden kaçış yok..." diye alay ediyordu telefonda.

Fesleğen'in beni arayıp aramadığını kontrol etmek için ara sıra yokluyordum dergiyi ama o günden beri ses seda çıkmamıştı bir daha...

Serdar da özellikle kitap konusunda sıkıştırmaya başlamıştı. Yüzüne olumlu konuşmuyordum ama geceleri yazarak kitabı epey ilerletmiştim.

Bir defasında Aslı Abla'yı da istemiştim telefona, "Özledim çayını..." demiştim. Aslında Aslı Abla'yı özlemiştim ben. Oraları özlemiştim. Buralar kusurlu diye değil, oralarda da sohbetim, rehberim, hatıralarım, terbiyem var diye...

Tahir Amca'yla da konuşuyorduk ara sıra... Fesleğen dükkâna uğrayabilir, bana not bırakabilir diye umut ediyordum ama mücellithaneye de gelen giden yoktu...

Hafta içi sahafta işimin başında, kitapların içindeydim çoğunlukla. Hafta sonları daima dışarıdaydım. Okul civarında kafelerin çoğuna uğramıştım. Kitap kafelerle ahbap olmuştum artık.

Ne yaparsam yapayım, Fesleğen'in rüzgârına bile değmiyordu çabam... "Beni bul seyyah, çünkü ben seni bulamıyorum..." notu bir an bile çıkmıyordu aklımdan... Benden gizleniyor olamazdı. Onu aradığımı duyup da kaçacak değildi. Hatta haberi olsa çok daha kolay bulurduk birbirimizi... Tuhaf bir şekilde kader yardımcı olmuyor, bir köşeden halimizi izliyor gibiydi.

Muhtemelen acıklı bir Türk filmi gibiydik dışarıdan bakınca... Ne yaparsak yapalım, kavuşamıyorduk birbirimize... Ne bir işaret veriyordu kader, ne de kolaylaştırıyordu işimizi.

Havalar bozmaya başlayınca Konya sokaklarını dolaşmak iyice zorlaşmıştı benim için. Her köşesini, her sokağını, her esnafını ezberlemiştim neredeyse... Üniversite açılınca da durum değişmedi. Fesleğen'i tanıyan, hatırlayan, adını bilen bir Allah'ın kuluna denk gelmedim.

Hem benim de bir şekilde okuluma dönmem gerekiyordu artık. Son senemdi ne de olsa. Gerçi devamsızlık sorunu yaşatmazlardı bana. Sorunsuz bir öğrenciydim ama tezimi ve sınavlarımı verip mezun olmak istiyordum. Sanırım Konya'dan ayrılma vaktim gelmişti...

Hem alışmış gibiydim bu halime de. Aramaya ama bulamamaya... Özlemeye ama kavuşamamaya... Yazmaya başladığım kitap da iyice ilerlemişti. Çekmecelerim yazı doluydu...

İstanbul'a döndüğümde yaza kadar okulumu bitirip kitabımı çıkarırdım belki... Sonra devam edecektim seyyahlığa... Durmayacaktım artık yerimde. Bana uzun yollar görünüyordu bundan sonra. Önce anneme verdiğim sözü tutup diplomamı alacaktım, sonrası bir seyyahın bilinmezliklerle dolu hayatı işte... Hep arayış, hep arayış...

Ne var ki kaderin benimle ilgili başka planları olduğundan habersizdim bu kararı verdiğimde.

***

Karanlık insanın mutluluğuna etki eder mi? Sizce?

Bazen üniversitede kayıtlı olmadığım felsefe, psikoloji gibi derslere girerdim. Zorunlu girilen derslerle gönüllü girilen dersler arasında çok fark vardır. Bence her üniversite öğrencisi bir dönem boyunca zorunlular dışında muaf olduğu bir derse girmelidir. Arkadaşlarıma bunu anlatsam da şimdilik kandıramadım kimseyi.

O gün işlediğimiz konunun tam ismi "21 Aralık" yani gecenin en uzun olacağı gün. Gecelerin insan psikolojisi üzerindeki etkilerini konuşuyorduk.

Neydi gece? İyilerin kötülerden sığınağı. Anlaşılamamanın en az yaşandığı an. Anlamayan veyahut yanlış anlayanlardan uzak, bizi bizden bile daha iyi anlayanla baş başa kaldığımız "yegâne saatler kardeşliği". Geceler ve yarıları, iyi ki varlar.

Dünyanın gündemi olabildiğince değişirken bizim geceyle olan ilişkimiz, konuşmalarımız, dertlerimiz hiç değişmedi. Hem ne diye değişecekmiş ki? Yaratılan insanın yaratılma amacı yaratıldığından beri hiç değişti mi?

Sahipleneni az diye hakikatin peşinden koşmaktan vaz mı geçeceğiz?

Değişmeyecek işte, nereye akarsa aksın bu dünya deresi, bizim tebessümümüz de, çoklarının anlamadığı al yanaklarımıza değen yel de hiç değişmeyecek. 21 Aralık geldiğinde sevdiklerime mesaj atacağım. "En uzun geceniz güzel olsun dostlar."

O gün huzura her günkünden daha fazla ihtiyacımız olacak. Siz hiç sevdiğinizin olmadığı bir geceye, "Kalıversen ya biraz daha. O yok artık, aymasan da olur..." dediniz mi? Peki geceleri düşünmenin neden daha çok acıttığını biliyor musunuz? Çünkü gündüzleri hayallerinizin gerçekleşmediğini gözlerinizle görürsünüz, geceleri ise hayal ile dünya arasında gezer durursunuz.

Geceler işte. Sığınağımız kötü fikirlerden, kötü insanlardan. Ve bugün en uzun ateşkesimiz dünyaya karşı. Uzun bir süre rahat bırakacaklar bizi.

Bu arada anneme bile söylemediğim bir sır var. Küçükken korkardım gecelerden, ya aydınlık gelmez de insanlar uyanmazsa diye. Büyüyünce de gündüzlerden korkuyorum, ya karanlık gelmez de insanlar uyumazsa diye.

***

Haftaya ayrılacaktım Konya'dan... Cennet Dede'yle de, Sahaf Baba'yla da konuşacaktım durumu. Yerime şimdiden birini bakmaya başlasınlar. Her yer öğrenci kaynıyordu nasılsa. İşin üstesinden gelebilecek birilerini bulurlardı elbet.

Bütün gün Konya'da dolaştıktan sonra pazar akşamı geç saatlerde girmiştim sahafa... Doğruca odama çıkıp üzerimi değiştim. Kendime bir çay hazırlayıp masamın başına geçmiştim ki çalışma ışığımı açtığım an yatağımın karşısındaki duvarın boş olduğunu gördüm. Uçurtmam yerinde yoktu...

Hırsız girmiş olsa onca şeyin arasında benim derme çatma uçurtmamı alacak değildi ya? Başka bir iş vardı bu işin içinde. Bin tane ihtimal gelip geçti aklımdan o an. Cereyan yapmıştı da yere mi düşmüştü, kırılınca Sahaf Baba çöpe mi atmıştı? Ama neden atsındı ki ben onarırdım onu...

Peki, düşmediyse ne olmuştu?

Yoksa birinin çocuğuna hediye mi edilmişti? Yok, artık! Bunu hiç kimse yapmazdı. Uçurtmamı ne kadar sevdiğimin farkındaydı herkes. Ne Cennet Dede ne de Sahaf Baba buna müsaade ederlerdi. Hayır, hayır... Sanmıyorum... Sormadan almaz kimse...

Aslında tam da mevsimi, hava soğuk ama kar yağmur yok, rüzgâr da kuvvetli esiyor artık. Gece gece Sahaf Baba'yı arayacak değildim tabii ama merak da ediyordum. Eşyamın kaybolması değildi sorun, o uçurtmanın anısı vardı bende. Beni de o uçurtmayı da Fesleğen kurtarmıştı karanlıktan. İkimizi de gökyüzüyle tanıştıran oydu. O uçurtmayı kaybedemezdim...

Bütün gece uyuyamadım. Rüzgârım gitmişti sanki. Uçurumdan yuvarlanmış, ayağa kalkmaya çalışıyor gibiydim. Hangi sayfaya dokunsam Fesleğen'i tarif etmek geliyordu içimden. Rüzgârsız bir uçurtmaydım bu gece...

***

02.00, Martılar

Öyle çok şey vardı ki anlatacak ondan yana, neresinden başlasam eksik kalacaktı. Ne kadar konuşsam az...

Martılardan başlasam, denize sıra gelmezdi. İstanbul desem, sokakları eksik kalırdı. Şiir desem, harfler dökülürdü yere... Yetmezdi...

Üşenmekten değil, bazı şeyleri düzelteceğine inanmadığından boş veriyorsun bazen. Zaman senin için düzeltsin her şeyi istiyorsun. Uyandığında onarılmış olsun kalbin. Uyandığında yanı başında bulasın aradığını... Olmayacaksa da yaraların sarılmış devam etmek istiyorsun hayata.

Gözüme uyku girmiyordu bir türlü. En sevdiği oyuncağı elinden alınmış öksüz bir çocuktum sanki...

***

23.05, Eylül geçiyor

Çok yağmadı bugün, bir ara düştü ve bitti. Bir ara hayatımıza girip yitirdiklerimiz gibi...

Bu eylül de geçiyor sevgili ama diğerleri gibi değil. Eylül vefalıdır. Seneye yine gelecek. Biliyoruz. Böyle olunca üzülmüyor insan. Canın sıkılıyor birkaç gün o kadar. Nasılsa gelecek diyor ve bekliyorsun. Ya ne zaman geleceğini bilmeseydik eylülün? Ya bazı yıllarda sararmasaydı sokaklar, hiç gelmeseydi? Aşk fedakârlık değil miydi, fedakârlık vefa gerektirmez miydi?

Hüzün bizde huy; iyi günler için seçmedik ki kötü günlerde terk edelim. Bu yüzden suçlu aramıyorum. Sonuçta hüzün bana çok yakıştı. Yalnızlığı sevdiğimi söylesem de sonuçta insanım, sorsalar "Gelsin mi?" diye, artık her neyse kavuşmak, bir santimine dahi ihtiyacım olduğunu söylerdim.

İnsan sevdiğiyle birlikte olduğunda güçlendiğini hissediyor. Artık düşmem sanıyor. Ama gerçekten sevince en ufak bir gidişte daha da yukarılardan düşüyorsun. Eskiden çıkamadığın uçurumlardan aşağıya düşüyorsun.

Bazı insanlar anlamıyorlar. Onlardan anlamalarını beklemek, beton yollarda çiçek açmasını beklemeye benziyor. Çiçekler; yağmur gören, hüzünlü insanların bahçelerinde açarmış. Çok da dert etme seni anlamayanları. Herkes kendine benzerleri çekermiş hayatta. Sahte insanları sahte insanlarla dostluk yapmak üzere serbest bırak. Senden uzak dursunlar ki kendilerine benzer birilerini bulabilsinler.

Uzun uzun seni yazmışım yine, çok bildiğimden değil. Zaten çok bilenler değil, hakikati bulanlar kurtulacak...

***

Sabah dükkânı vaktinden önce açıp Sahaf Baba'yı beklemeye başladım. Şükür onun da erken geleceği tuttu bugün. Çayı demlemiştim çoktan. Semaverden çay doldurup getirdim ikimiz için... Benden önce lafı o açsın, kaybolan uçurtmamla ilgili açıklamasını yapsın istiyordum ama bir şey demedi.

Hiçbir şey olmamış gibi hasarlı kitapların başına geçince dayanamayıp sordum. "Benim duvarda bir uçurtma vardı ya Sahaf Baba..." dedim. "Onu göremedim gece... Bir yere mi kaldırıldı acaba, haberiniz var mı?"

"Hah o mu?" dedi yeni gelen kitapları kontrol ederken. "Dün bizimkiler uğradı buraya. Sana söyleyecektim de unuttum bak, kusura bakma ne olur. Misafirlerimizin çocuğu uçurtmayı tutturdu hadi uçuralım diye. Bizim kız evde de var onlardan alırız dese de ikna edemedi. Yurtdışından misafirlerimiz var bir süredir. Kızım ilgileniyor onlarla, sağ olsun gezdiriyor, gönüllerini hoş ediyor ama çocuğa laf dinletmek zor işte... Alıverdiler uçurtmayı. Dün öğlen üzeri Meram'da biraz uçurdular, herhalde bugün getirirler merak etme olur mu?"

"Ne demek Sahaf Baba, sadece merak ettim lafı mı olur?" dedim.

Benim için sorun yoktu tabii... Uçurtmamın sağ salim bana geri döneceğini bileyim yeter ki...

"Hem epeydir uçmuyordu..." dedi Sahaf Baba. "Müsaade et de göğe kavuşsun..."

Belli etmedim ama birbirine zıt iki farklı duygu peyda olmuştu içimde. Sahaf Baba'nın kızına eşyamı izinsiz aldığı için kızıyordum içten içe ama yıllardır gökyüzünden ayrı düşmüş uçurtmamı vatanına kavuşturduğu için de teşekkür etmek istiyordum.

Kendime söz verdim Konya'dan dönmeden bir kez de olsa uçuracaktım uçurtmamı. Hem belli mi olur? Ben görememiştim ama belki o gökyüzünden aşağıya bakarken görür de haberini verirdi bana Fesleğen'in olmaz mı?

***

Bugün dışarı çıkmayı düşünmüyordum. Yazılarımı toparlayıp bilgisayara geçmeye başlayacaktım. Kitabım iyice toparlansın istiyordum artık. Akışla ilgili aldığım notların da üzerinden geçecektim, düzeltilerimi bilgisayardan girmem gerekiyordu. İstanbul'a döndüğümde editör Sevinç'in ısrar ettiği yayıneviyle görüşecektim. Bitirme tezim için de dekanla konuşmam gerekecekti.

Tahir Amca'ya kitabımı bitirmek üzere olduğumu yazdım. Basılmadan önce okumak istediğini söyleyince sevindim. Düzeltilerimi yapar yapmaz yollayacaktım. Yazı masamı toparlamıştım iyice. Sağda solda bıraktığım kitaplarımı, defterlerimi, kâğıtlarımı hepsini yerleştirdim klasörüme sıralı şekilde.

O gün aşağıdan gelen sesleri işitince Sahaf Baba'yla kızının geldiğini anladım. Erken inip semaverde çay demleyebilirdim ama gece çok geç yatmıştım, sabahtan beri de yazılarımı düzenlemeye dalıp gitmişim.

Hazırlanıp indim aşağı... Sahaf Baba, çalışma masasının başına geçmiş onarılacak kitapları toparlıyordu. Mutfaktan gelen tıkırtılar kızına ait olmalıydı.

"Günaydın Sahaf Baba, nasılsınız?"

"Günaydın İstanbullu..." dedi. Evet, bazen böyle de seslenirdi bana.

"Çok şükür iyiyiz. Çıkmadın mı bugün? İzin günün ya..."

"Geç yattım akşam, aslında çıkmak üzereydim ben de, istersen sana yardım ederim. Sayım da yapacaktık hem, daha çabuk biter..."

"Eyvallah..." dedi Sahaf Baba memnun bir tavırla. "Çayı demledin mi kızım!" diye seslendi mutfağa...

"Su kaynamadı daha..." diye cevap verdi kız. "Demliyorum şimdi."

***

Sahaf Baba'yla tamir masasına geçip oturduk. Yaprakları dökülmüş bir kitabı alıp sayfa sırasına göre dizmeye başladım önce. Sahaf Baba da kullanacağımız aletleri çıkarıyordu tezgâhın üzerine. Çok geçmeden elinde tepsiyle genç bir kız geldi yanımıza. Çıtı pıtı, zarif, başı önünde, güler yüzlü... Sanırım benden birkaç yaş küçük...

Çaylarımızı ikram edip oturdu bir köşeye. "Merhaba..." dedim kıza. "Tanışmadık... Sahaf Baba'nın dalgınlığı üzerinde ne zamandır..."

"Ah tabii ya, bu bizim Esra, bu da bizim İstanbullu..." dedi Sahaf Baba, bizi tanıştırmadığını hatırlayıp bıraktı elindeki işi.

"Merhaba Esra..." dedim. "Memnun oldum..."

"Ben de öyle..." dedi Esra...

Demek Sahaf Baba'nın uçurtma avcısı kızı buydu. Denk gelememiştik bir türlü. Yurtdışından akrabaları gelmiş, onları gezdiriyormuş iki haftadır. Babasına yardım etmek için bir türlü dükkâna gelemiyordu ne zamandır. Son günlerde hasta olduğunu söylemişti Sahaf Baba ama gayet iyi gibi görünüyordu şimdi. Tabii anneciğinin itinalı bakımı hemen ayağa kaldırmış olmalıydı onu.

İstanbul'a dönmeyi planladığım ve dükkândan ayrılmaya karar verdiğim konusunu açmak istememiştim kızının yanında. Hafta içi nasılsa Sahaf Baba'yla baş başaydık. Uygun bir zaman aralığında anlatırdım derdimi.

Bir saate kadar bitirmiştik işlerimizi, Esra da yardım edince çabuk halletmiş olduk... Rahat hissettim kendimi... Düşündüğümden erken çıkabilecektim... Biraz da Esra'yla sohbet ettim tabii. Lise öğrencisiymiş, doğu dilleri üzerinde akademik kariyer yapma hayali varmış. Dil öğrenmeye de epey yatkınmış zaten. Liseden sonra doğu seyahatlerine çıkmak istiyormuş.

Sahaf Baba'dan bir şeyler karaladığımı öğrenince yazılarımı okumak istedi. Sahaf Baba'ya bakıp yeri ve zamanı mı diye onay almak istedim. "Sanki İstanbul'a git dedik, yukardan getir hem çay molası vermiş oluruz..." deyince çıkıp getirdim ben de dün gece yazdıklarımı. Verdim Esra'ya...

Sahaf Baba "Sesli oku kızım, dinleyelim..." deyince seçtiği dergi yazılarımdan bir ikisini okudu Esra. Sayfayı eline alınca üst köşede gördüğü saatleri sordu.

"Yazmaya başladığım saatleri yazıyorum..." dedim. "Seyyah da mahlasım."

***

23.45

Eğer bir sevda vurduysa sana, maksadı değişmendir. Bir aşk haline girmendir. Âşık olmadan önceki ve sonraki sen arasında fark yoksa aşk sandığın şey hevestir. Biri gelir biri geçer. Birini unutur yenisine başlarsın... Su, nasıl bulunduğu kabın şeklini alıyorsa âşık adam da o sevdanın şeklini alır.

Tut ki sevgiliden bir mektup geldi. Âşıksan eğer o mektuba da âşık olursun ister istemez. Mektuptaki harflere de vurulur gönlün, noktaya da, virgüle de...

Birazı, bazısı, işine geleni yoktur sevdada. Ya ona bürüneceksin ya da cesaretin yoksa hiç yanaşmayacaksın. Mesela gülü seviyorsan dikenini ayrı tutmayacaksın ondan. Elini parçalasa da sevdiğinin ellerini bırakmayacaksın. Sımsıkı tutacaksın sevdiğini inandığın yolda. Dökülen kanlar, aşkınızın zekâtı olacak.

Veyahut bir şehri seviyorsan sadece güneşli havalarını sevmeyeceksin. Yağmurunu, çamurunu, tenhalarını ve sokak lambalarını da seveceksin. Sevdiğinin de her şeyine talip olacaksın. Ve eğer Allah'ı seviyorsan, her şeyini seveceksin. Rahmetini de, cezasını da, emrini de.

***

"Çok güzel yazmışsın..." dedi Esra. Başıyla onaylayarak katıldı Sahaf Baba. Çayından bir yudum aldıktan sonra da "Bunları kitaplaştırmayı düşünüyorsan bu elyazması kâğıtları sakın kaybetme..." dedi. "Bir kitabın sahafiye değeri onun ne kadar eski olduğuyla ilgili değildir..." diye devam etti. "Tabii ki basım yılının da, yazarının da, imlalı olup olmayışının da, okunur halde olup olmamasının da etkisi vardır sahafiye değerinde ama göz ardı etmemek gereken çok önemli bir nitelik daha var... O kitabı en son kimin okuduğu, kimin kütüphanesinden geldiği de ayrı bir değerdir. İkisi de ilk baskı bir kitap düşünün mesela. İkisi de aynı ederde aslında... Ama düşünün ki o kitaplardan birini Sabahattin Ali okumuş, imzalamış, kenarlarına notlar almış, bazı satırların altını çizmiş... Şimdi ikisinin aynı değerde olduğunu söyleyebilir miyiz?"

"Kesinlikle söyleyemeyiz..." diye atıldı Esra. "Rüya gibi bir şey bu... O zaman sadece kitaba sahip olmuyorsun ki çok kıymetli bir yazarın özeline de girmiş oluyorsun. Onun zihnine, hayatına, düşüncelerine de giriyorsun..."

"Yani hikâyesine dahil oluyorsun..." diye onayladım. "Kitabı çok kıymetli bir yazarın hikâyesiyle birlikte satın almış oluyorsun..."

"İşte bu!" dedi Sahaf Baba... "Bir kitabı hikâyesiyle satın almak... Kitabın içeriği başka, kendinin yaşadığı hikâye bambaşka... Aynı yıl basılmış iki aynı kitaptan biri hikâyesiyle diğerinden ayrılır böylece... İşte sahaf aslında eskileri biriktiren demek değildir çocuklar, hikâyeleri biriktiren, toplayandır. Kitapların hikâyelerinin peşinden gideriz biz... Kitabın kendi de hayatın bir kahramanı olmuşsa artık, onun izini süreriz..."

"Hikâye, eşyaya bile ayrı bir değer katıyor. Sanırım antikalar da böyle, aslında bütün sanat eserleri de böyle..." dedi Esra.

"Elbette..." dedi Sahaf Baba. "Ailenin eski eşyalarını tasnif etmek zorunda kaldığında kendine hikâyesi olanları ayırırsın farkında bile olmadan. Belki fotoğraf albümü kaybolsun istemezsin, yanına alırsın. Çünkü oradaki her karenin bir hikâyesi vardır. Anlatacağı, hatırlatacağı şeyler vardır. Unutmak istemezsin, bu yüzden de hikâyesi olan eşyaya sarılırsın. Hanım rahmetli annesinin alyansını alıp saklamak istedi mesela. Hâlâ boynunda taşır... Çünkü bir hikâyesi vardı o alyansın... Onun açısından çok özel bir hikâyedir annesiyle babasının sevdası... Bu sevdayı hiç unutmamak, her daim hatırlayarak yaşatmak için anneciği rahmetli olduğunda alyansını hatıra sakladı kendine... Yani hikâyesini aldı yanına..."

"Hikâyesi olan her şey yaşar..." dedim. "Hikâyesi olan yazarlar ölümsüz, hikâyesi olan eserler, hikâyesi olan resimler, hikâyesi olan şarkılar ölümsüz... Ne yaparsan yap, ölmüyor... Değişen çağa direniyor, ille fark ettiriyor kendini..."

"İşte buna çok katılıyorum..." dedi Sahaf Baba... "O yüzden günümüzde üretilen hiçbir şeyin bir kalıcılığı yok. Hepsi bir diğerinin taklidi, fabrikasyon, seri üretim... Şarkılar da, kitaplar da, filmler de. Ve tabii şimdiki sevdalar da. Gerçekten hikâyesi olan şeyler çok az..."

Bende ölümsüz olan şeyin Fesleğen olduğunu düşündüm o an. Güzel bir hikâye kalmıştı ondan bana... Yapayalnız bir ben kalmıştı sonunda. Bir fesleğen kokusunda yaşamaya devam edecek, iyi bir hikâye kalmıştı geriye...

***

Keyifli bir günden sonra işlerimiz bitince Cennet Dede'yi görmek istediğimi söyleyip çıktım. Doğruca çaycıya gittim, saat daha erkendi ama Cennet Dede belki çaya uğramıştır diye düşündüm.

Nitekim düşündüğüm gibi de ahbaplarıyla konuşurken buldum onu. Beni görünce sevindi yine. Her karşılaşmamız gurbetten dönüş gibiydi bizim. Sanki aylarca görüşmüyorduk da nice zaman sonra kavuşuyorduk birbirimize. Sıcaklığıyla, samimiyetiyle baş döndüren bir adamdı Cennet Dede.

Daha sandalyeye oturmadan tavşankanı bir çay ısmarladı benim için.

"Eyvallah..." dedim geçtim karşısına. Havalar epey serinlemişti artık. Bahçede oturmak mümkün değildi. Sıcak sobanın etrafındaki küçük masaların birine tünemiştik. Camlar, içerisinin sıcağından buğulanıyor, dışarıdan bakınca görünmez oluyordu çoğu zaman. Konya'nın soğuğu da sertmiş sahiden.

"İyi misiniz Cennet Dede?" diye sordum. "Sohbet var mı bu gece?"

"Epeydir uğramıyorsun..." dedi. "Tazı gibi koşturup durdun Konya'da. Bu akşam gel istersen..."

"Gelirim tabii, hangisini kaçırdım ki?" dedim. "Son kez bir sohbet daha dinleyeyim, güzel olur..."

"Son kez mi?" dedi Cennet Dede, hüzünlü bir tebessümle ama şaşırmış gibi. "Demek vakit geldi ha evlat?"

"Sanırım geldi Cennet Dede... Bu şehir nasıl sıcacık karşılayıp içine aldıysa beni, şimdi de git der gibi bütün yolları düğümlüyor önüme."

"Sen olanı yanlış okuyor olabilir misin evlat?"

"Belki de yanlış okuyorumdur Cennet Dede, bilmiyorum. Buraya kimseyi bulmaya gelmemiştim aslında açık konuşmak gerekirse. Daha doğrusu bulmak ümidi yoktu içimde. Belki de vardı onu da bilmiyorum. İstanbul'da duramadım artık, yazamıyordum. Sanırım kitabımı bitirmek için geldim buraya. Aksi halde yıllarca sürünürdü elimde benimle birlikte. Kendim gibi onu da seyyah eder, bitiremezdim. Konya sarıp sarmaladı beni. Kitabın başına oturttu. Başkasını ararken kendimi buldurdu bana... O yüzden ellerim boş dönüyorum sayılmaz. Aslında aradığım şeyi bulmuş olarak döneceğim evime... Kendimi hayal kırıklığına uğramış hissetmiyorum bu yüzden..."

Gülümsedi Cennet Dede... "Sana çok basit bir şey söyleyeceğim evlat..." dedi. "Ama iyi anla lütfen. Çünkü hayatın boyunca her şeyin hep buna bağlı olduğunu göreceksin."

"Eyvallah, buyurun söyleyin lütfen..." dedim.

"Aradığın şeyi ne zaman bulursun biliyor musun? Kendini bulduğunda... Bu hep böyledir evlat."

Doğru söylediğini anlıyordum ama kendi hikâyemle ilişkilendiremiyordum. Zordur zaten ateşin içinde yanarken nasihat dinlemek. Hele âşıkken.

Çaylarımızı içip birlikte çıkmıştık çaycıdan. Cennet Dede, gideceğimi öğrendiğinden beri üzgündü. Onu üzgün gördükçe ben de kötü hissediyordum.

Gökten zembille inmiş gibi önlerinde biten ne idüğü belirsiz bir seyyaha kapılarını sonuna kadar açmış bir adamı darda bırakacak değildim. "Dükkânı akıllı birine emanet edene kadar gitmem merak etmeyin..." dedim.

"Eyvallah evlat..." dedi memnun bir ifadeyle.

Dışarıda sert, rüzgârlı, keskin bir soğuk vardı. Sağanak halinde olmasa da demir sertliğinde yağmurlar vuruyordu bazen insanın yüzüne. Epey de can yakıyordu. Seri adımlarla sokağı geçip avlunun kırmızı renkli ahşap kapısını ittirerek girdik içeri. Kalabalık henüz toplanıyordu.

Herkesi selamlayıp yerimize oturduk Birlik Dükkânı'nda.

Dervişlerden biri "Ne güzel..." dedi. "Bugün gençlerle dolu dükkân." Gerçekten de o gün gençler daha fazlaydı. "O zaman biraz da sizi ilgilendiren bir şey anlatayım..." diye devam etti konuşmasına:

"Hani bazen bazı şeyleri anlamayız. Anlatan belki bize dünyanın şifresini veriyor ama biz frekansı tutturamaz ve meseleyi anlamayız. Bazen biriyle aynı kitabı okursun onun hayatı değişir ama sen kitaptan sıkılırsın. Neden konu herkes için aynı olduğu halde sonuç farklı olur?

Belki bir saat sonra yer sofrasında meyve ikramı olacak. Herkes bağdaş kurup yanaşacak diz dize. Artık kar yağsa soframız soğumayacak. Belli bir süre sonra bazılarımızın ayakları uyuşacak erenler. Uzun süre hareket etmeyince bacaklar hissizleşir. Bir süre sonra artık bıçak saplasan hissetmez olur. Uyuşur.

Geçenlerde aynı uyuşukluğu bir sabah kalktığımda şu sol kolumda hissettim. Size de olmuştur erenler kolunuzun üzerinde uyursanız sabah kalktığınızda sanki o kol sizden değilmiş gibi hissedersiniz. İstediğin kadar uğraş hareket ettiremezsin parmaklarını. Biri gelse kesse, haberiniz olmaz.

İşte tıpkı bunun gibi uzun süre muhabbetten ve manadan uzak kalırsan aklın ve imanın uyuşur. Adam sana hakikatin şifresini verir ama bu senin için hiçbir şey ifade etmez. Kitap sana perdeleri açmak için yazılmıştır ama okurken uykun gelir.

İşte bundan dolayı ben neden anlamıyorum diye sorarsın. Isınamazsın mana yollarına ve hayatını değiştirecek muhabbetleri ıskalarsın. Mana kanalların tıkanmıştır, kullanmaya kullanmaya artık bilgi akışı sağlanamıyordur. Uyuşmuş kanallar yüzünden, hissedemiyorsundur hiçbir şeyi...

Ayaklarımız uyuşmuş sevgili erenler. Uyuşturmuşlar bizi. Hissetmiyoruz. Bıçak saplıyorlar vicdanımıza, sesimiz çıkmıyor. Canımız yanmıyor. Hiçbir şey hissetmeden, perdeleri, manaları göremeden hayatımızı harcıyoruz. Yaşadığımızı sanıyoruz ama biz sadece uyuşuyoruz. Peki gençler bu soru size gelsin: Ayağın uyuşursa ne yaparsın?"

Bir ikisinden fısıltılı sesler geldi, "Geçmesini bekleriz" dedi biri. "Peki..." dedi derviş. "Uyuşmuş pozisyonda mı beklersiniz geçmesini?"

"Hayır..." dedi genç. "Ayağa kalkarız."

"Evet..." diye karşılık verdi derviş. "Ayağa kalkmaya çalışır, ayağını toplar, biraz sallar ve ayağına kan gitmesini sağlamaya çalışırsın. Ayağına kan gitmeli ki uyuşukluğu geçsin. Akış olmalı ki ayak kendine gelebilsin.

Gözlerimizi açalım erenler. Ayağa kalkalım. Ayağa kalkıp kendimize gelelim. İlk başta biraz yanacaktır canımız, karıncalanacaktır ama sonrasında iyileşecektir.

Göreceksiniz nasıl da düzelecek ayaklarımız. Oturmaya devam ettikçe o uyuşukluk geçmeyecek hiç. O gönle feyizler gelmeyecek, ibadetlerindeki üşengeçlik geçmeyecek, dünyaya bir eser bırakma telaşı başlamayacak, gerçeği göremeden perdenin üzerinde oynayanları izleyerek bir hayat geçecek..."

***

Çok keyifli bir sohbetti. Zaten Birlik Dükkânı'nda boşa geçen bir dakika bile olmazdı ki... Her anımız dopdolu, duyduğumuz her kelime bizi kendimize getirtmek içindi. Çok derin şeyler konuşulur ama genellikle herkesin anlayacağı telden çalarlardı.

Sahaf Baba konuştu bu kez, gençlere yönelikti anlattıkları ama herkesi ilgilendiriyordu.

"Matematik her geçen gün gelişiyor. Öğrenciler, öğretmenlerden daha fazla şey biliyor ve yeni kuramlarla birlikte devir sürekli ileriye doğru gidiyor..." dedi. "Yüz sene öncesinin matematik öğretmeninin, bugünkü matematik sınavlarından çok da bir şey anlayacağını sanmıyorum. Bilim, fen inanılmaz hızlı şekilde ilerliyor ve bir sene önceki teknoloji, ertesi sene eskimiş, ucuzlamış oluyor.

Peki bilim bu kadar hızlı ilerlerken insanlar neden metafizik konularda tek adım ileri atamıyorlar? İlk peygamberlerden sonra binlerce yıl geçmiş aradan. Kadın programlarında hocalara sorulan sorulara bakın. İçim acıyor, kalbime bıçaklar saplanıyor gibi hissediyorum bazen.

Dünyanın nasıl bir düzenle bizi elinde tutmaya çalıştığını düşünün. İlerlememize izin vermiyorlar, düşünmemize, bir insanın bir insanı sevmesine izin vermiyorlar. Bugün çok fazla şeyler biliyor olmamız lazımdı.

Hatırlayın gençler okullarda sınavların ertelenmesi bayrammış gibi kutlanır hep. Çünkü o bir gün bile öğrencilerin çalışmaları için fırsat demektir. Son peygamberden beri ders notları aynı, şimdiye dek o dersi yalayıp yutmuş olmamız gerekmez miydi?

Bilgi, sürekli üzerine koyarak büyüyen bir şeydir. İnsanların bilgisinin, konu bu kadar açıkken artmıyor olmasının sebebi, hiçbir şey bilmiyor olmalarıdır sanırım. O kadar bilmiyor, konudan o kadar uzağız ki. Hiç ama hiçbir şey koyamıyoruz üzerine. Yani sıfırı neyle çarparsan çarp yine sıfır çıkıyor netice.

Dünyanın en büyük kandırmacasıdır inanan insanların inanmayanlar gibi yaşıyor olması. Ortalama bir genç yirmili yaşlara kadar 14 sene okul okur. Hiçbir okulda hiçbir derste ne için varız sorusuna dair bir beyin fırtınası yapmaz. İnsan kendine dair en büyük soruyu 14 senelik eğitimde bir kez bile sormuyorsa kendine, yirmili yaşlardan sonra o kişiye bu soruyu sordurmak zor olur.

Mümkün değil midir peki? Zordur ama mümkündür. Ne için yaşadığımızı bilmiyoruz, aşkı bilmiyoruz ama sorsalar yaşıyoruz. Teknoloji bu kadar hızlı ilerlerken insanın içe dair bu kadar geri kalması dünyadaki çözülmesi gereken en büyük problemdir zannımca."

Duyduğum en mantıklı konuşmalardan biriydi. Sanki Fesleğen'in cümleleri başka birinin sesinden süzülüp geliyordu kulağıma. O kadar uyumlu, zekice ve insana dairdi ki anlatılanlar. Biraz vicdanı olan herkes içindi tüm bu konuşulanlar. Fesleğen'i tanıdıktan ve buraya geldikten sonra anlamıştım ki insanın ihtiyacı olan şey para ve mal değil kendini bilmekmiş.

***

Vakit epey geç olmuştu dükkândan çıktığımda.

İnsanların evlerine sığındığı, tanıdık bir ev kokusunun koynunda, tanıdık yorgun rüyalara daldığı saatlerde ışıksız, ıssız bir sokakta, yapayalnızdım. Cennet Dede önden gitmişti dostlarıyla... Sohbet biter bitmez, ne de çabuk dağılmıştı kalabalık.

Herkesin koşup sığınabileceği bir adresi vardı ne de olsa. Nereye giderseniz gidin, eninde sonunda aynı adrese geri dönecek olduktan sonra bütün gurbetler seyahattir sadece. Oysa dönecek bir adresi olmayan için her adım, bitip tükenmek bilmeyen, sonsuz bir arayış...

Attığım her adımda görünmez oluyordum adeta. Konya'da o daracık, ışıksız sokağın alçak kaldırımları üzerinde sürüdüğüm her adım, ya kendime götürüyordu ya da kendimden kaçırıyordu beni.

Avludaki ıhlamur ağacının büyülü kokusu doluyordu ciğerlerime. Birkaç saat önce tatlı bir kalabalıkla birlikte girdiğim sohbetle başlayan güzel hal dışarıda da devam ediyordu. Herkes çıktıktan sonra kapıyı parmaklarımın ucuyla sessizce kapatıp çıktım avludan. Az önceki kalabalıktan geriye tek bir nefes bile kalmamıştı. Sokağa çıktığımda evlerin gölgesi bile görünmez olmuştu. Simsiyahtı her yer.

Ayakkabımı bağlamak için eğildim. Sonra bir çıt sesi duyup irkildim. Dönüp baktım avlunun kapısına doğru gayriihtiyari... Işığı mum alevi kadar cılız, zayıf mı zayıf sokak lambasının titrediğini fark ettim. Rüzgârdan olsa gerek... İçim ürperdi... Sonra incecik, uzun boylu, zarif bir gölge karanlıktan kopup yürümeye başladı bana doğru. Yerimden kımıldamamış, iki büklüm bir rüyayı izliyordum sanki.

Gecenin siyahı düşmüşken sokaklara gölgenin yüzünü seçemedim.

Sokak lambasının tersten vuran zayıf ışığı bütün suretleri yutmuş, kendine gizliyordu sanki. Birazdan adımlayacağım yolları yürüdü gölge... Görmüyordu beni. Ne duraksadı, ne çekindi varlığımdan. Parmaklarımın ucuyla az önce sessizce kapattığım o kapıyı itti yavaşça...

Donup kalmıştım olduğum yerde. Kalbim atmayı bırakmaya çok yakındı. Gözlerim ağlıyordu. Hiçbir şey hissedemiyordum artık. Onun küçük adımları mıydı şu kaldırımları ezen? Onun elleri miydi şu kapadığım kapıyı ömrüme doğru aralayıp kalbimin içine yürüyen?

Karanlığın içinde gözlerimi kapatıp kendime sordum, Fesleğen'i mi görmüştüm yoksa?